Régis Jauffret

Lacrimosa

Gallimard

© *Régis Jauffret et les Éditions Gallimard, 2008.*

Régis Jauffret est l'auteur de plusieurs romans, dont *Histoire d'amour, Clémence Picot, Fragments de la vie des gens* puis *univers, univers,* récompensé par le prix Décembre en 2003, *Asiles de fous* qui a reçu le prix Femina 2005, *Microfictions* et *Lacrimosa.* Il a également publié une pièce de théâtre, *Les gouttes.*

Chère Charlotte,

Vous êtes morte sur un coup de tête d'une longue maladie. Le suicide a déferlé dans votre cerveau comme une marée noire, et vous vous êtes pendue. Vous habitiez Paris depuis quatorze ans, mais le 7 juin 2007 vous avez pris le TGV pour Marseille. Comme si l'espèce humaine avait une mémoire d'éléphant, et qu'elle revienne parfois creuser sa tombe près du lieu où elle s'était frayé un chemin autrefois pour quitter l'utérus de sa mère et débarquer dans l'existence.

Vos parents sont venus vous chercher à la gare Saint-Charles. Vous portiez une robe bleue et vous avez éteint votre portable qui s'était mis à sonner tandis que votre père vous embrassait. Un père bronzé, quinquagénaire refusant de se teindre, et catastrophé pourtant de ne plus allumer la moindre flamme dans les yeux des jeunes filles marchant cruelles dans les rues en effaçant de leur champ de vision les hommes qui comme un béret de flanelle d'un autre âge, portent leurs cheveux gris comme des malpropres.

— Maman a fait des cailles aux olives.

Un plat lancinant dont vous aviez sans doute avalé la première bouchée avec le lait de votre première tétée. Une rengaine dont les olives semblaient les notes stridentes dansant au-dessus de la casserole au bouillonnement imperturbable comme une basse continue.

Vous vous êtes plainte de la chaleur.

— La municipalité n'a toujours pas fait climatiser le Vieux-Port.

Ni le Vieux-Port ni le reste de la ville. Un de ces après-midi torrides, quand la sueur prend sa source à la base du cou et ruisselle jusque dans la rigole des fesses pour aller se perdre Dieu sait où. Un soleil qui s'impose comme un malotru, et semble briller même dans l'ombre des caves des vieux immeubles brûlantes comme des tentes de Bédouin.

Votre père ne se souvenait plus où il avait laissé la voiture.

— Je crois qu'elle est au cinquième sous-sol.

Il n'écoutait pas les protestations de votre mère qui la croyait garée dans la rue.

Et plus l'ascenseur chutait, plus il vous semblait rejoindre le centre de la terre qu'on aurait dû depuis l'invention des obsèques relier à la surface par un large tube pour y jeter les cadavres où ils grilleraient plus vite que dans un crématorium. La voiture fuyait dès qu'on se rapprochait de la zone où votre père pensait l'avoir abandonnée. Elle trimballait même sa carcasse d'étage en étage, atteignant en définitive le premier niveau, fraudant, pulvérisant la barrière, et échouant hors d'haleine rue de l'Étoile à cheval sur le trottoir qui borde l'église Saint-Théodore.

Votre mère a soupiré, car elle se trouvait bien là où elle l'avait vue pour la dernière fois.

— Tu n'écoutes jamais rien.

— En plus, ils m'ont collé un PV.

Vous lui avez dit qu'il se garait toujours n'importe où.

— Dans des endroits à la con.

Est apparue sur son visage une moue empreinte de bonhomie.

La voiture a démarré, et le chauffage aussi.

— Depuis hier, la clim est perturbée.

Toujours cette odeur de cuir qui vous donnait mal au cœur, malgré les quatre vitres ouvertes. Ces souvenirs de nausée pendant les interminables trajets vers ce coin paumé de la forêt des Vosges où avec votre sœur vous faisiez du vélo sous la pluie pour ne pas vous tirer un coup de fusil de chasse dans la bouche à force de vous ennuyer sous la véranda à l'atmosphère verte comme les branches des conifères qui la cernaient et crevaient les vitres quand le vent se levait. Vous regrettiez quand même votre enfance, et ces moments de tristesse légers, furtifs comme des battements de cils, qui avaient un arrière-goût de Malabar et de Coca. Pas du tout ces vertiges noirs de l'adolescence, quand vous imaginiez que votre crâne était une boîte où vous étiez condamnée à vivre pieds et poings liés au milieu de neurones qui voletaient autour de vous comme des nuées de chauves-souris.

— Jérémia est à nouveau enceinte depuis la semaine dernière.

— Elle collectionne les marmots comme des peluches.

Votre sœur vivait avec une ribambelle d'animaux qui à l'heure actuelle encombraient encore son lit. Vous pensiez que son mari enfourchait parfois un ours par erreur en s'étonnant que votre sœur soit devenue si petite, si velue, avec un pucelage aussi impossible à percer qu'anachronique chez une femme qui l'avait perdu à treize ans.

— Si c'est une fille, elle aura le choix du roi.

— Elle gardera le moins moche, et elle vendra l'autre sur ebay.

Votre père a ri. Votre mère a relevé la tête et fouillé son sac du bout des doigts avec cet air détaché qu'on prend pendant les cours de philo pour glisser sa main à l'improviste sous la jupe de sa voisine.

— La radio a annoncé un orage.

Votre mère s'était tournée pour vous informer de cet événement rafraîchissant espéré par la population de la ville depuis la fin du mois dernier. Il s'en trouvait même pour rêver d'improbables cataractes dévalant la Canebière.

— C'est un temps à la neige.

La plaisanterie l'a fait sourire, et votre père a pouffé en éclaboussant le pare-brise d'un peu de bave qu'il a essuyée avec son chiffon à lunettes. Il aurait même renversé un jeune homme en short jaune qui pédalait devant lui la tête dans le guidon, si le gamin n'avait pas choisi de se vautrer sans raison apparente sur un vieux lave-vaisselle à l'abandon contre un lampadaire du boulevard de la Libération. Son bidon a roulé sur la chaussée, et s'est laissé écraser par les roues de la voiture en jappant.

— Tu conduis toujours comme un sabraque.

— Ce n'était qu'un bidon.

Vous avez pensé à ces sauterelles que vous poursuiviez dans l'herbe avec votre sœur pour leur arracher les pattes après leur avoir donné une dure leçon de gymnastique. Vous vous êtes promis quand vous la verriez de lui demander si elle se souvenait encore du chat gris que vous aviez trouvé écrasé par un tracteur dans un champ de colza. Vous l'aviez appelé Marsoufle, roulé dans votre pull-over et déposé dans une brouette, le poussant toutes les deux jusque dans la clairière où vous aviez célébré ses obsèques qui s'étaient achevées par un plouf dans un étang où vous aviez jeté sa dépouille en la dédiant aux brochets et aux carpes.

— Marsoufle.

— Quoi ?

— Tu me feras chier jusqu'à mon dernier souffle.

— Charlotte, tu arrêtes.

Le père qui se marre quand même un peu en vous engueulant, et la mère les larmes aux yeux, qui dans l'espoir que la honte vous mortifie, se garde de cligner des paupières pour qu'elles coulent sur ses joues. Vous vous dites que la honte devrait être pour elle. Elle avait pris le risque de vous tirer du néant où vous étiez si bien. Après l'éjaculation, elle avait peut-être même contracté les lèvres de sa vulve pour garder le sexe de votre père en elle comme un bouchon afin d'emprisonner son sperme et de donner leur chance aux spermatozoïdes de remonter jusqu'à l'ovule surexcité au fond de sa matrice à l'idée de se marier vaille que vaille avec le premier têtard venu. Elle vous avait traîné depuis comme un boulet pas bien rond qui avait toujours refusé de rouler, et maintenant elle se serait permis de sangloter afin que vous vous sentiez coupable de vous trouver par sa faute dans un pareil pétrin. Vous auriez aimé pouvoir porter plainte contre elle pour enfantement.

Pourtant, depuis plusieurs mois vous étiez heureuse. En tout cas, quelqu'un vous l'avait dit un soir sur le canapé de son salon en remplissant pour la troisième fois votre verre de muscat de Frontignan.

— Tu es heureuse, mais tu ne le sais pas encore.

— Je l'ai toujours su, figure-toi.

Votre mère qui s'inquiète de votre avenir professionnel. Le magazine de mode où vous étiez maquettiste vous avait licenciée fin avril, avant de déposer son bilan à la mi-mai.

— Je vais profiter du chômage pour prendre une année sabbatique.

Une perspective qui ne réjouit pas vos parents. Eux si fringants, qu'ils sont prêts à travailler une semaine par jour, dix-sept millions d'heures chaque année, et même après leur mort s'il se trouve dans l'au-delà une entreprise prête à les embaucher malgré leurs têtes de déterrés.

— Avec ton père, nous ne perdons pas notre temps.

Et il n'était même pas question pour eux de gaspiller leurs rares moments de loisir à bayer aux corneilles. À cinquante-cinq ans le temps devient précieux, le jeter par la fenêtre reviendrait à se défenestrer avec lui. Plutôt que de le dépenser à la petite semaine comme de l'argent de poche, on l'investit dans des valeurs sûres qui rapportent gros en bien-être et en plaisirs de toute sorte. Le sport, même s'il fatigue et exaspère, permet à la cervelle de générer d'euphorisantes endorphines et de mieux apprécier les voyages en Italie, au Québec, au Guatemala, et les feux de cheminée quand la température est assez basse pour pouvoir se réjouir de rôtir devant les flammes en oubliant le chauffage central dont la chaudière commence d'ailleurs à éructer tant elle a vieilli prématurément.

Votre mère qui en rajoute.

— J'ai envoyé ce matin un mail à Maya Coufin pour lui dire que j'aimais vraiment la vie.

— À vos âges, vous devriez plutôt aller essayer des cercueils en promo chez Leclerc pour vous habituer à vous tenir à carreau dans une boîte.

— On pourrait aussi faire des rallyes en corbillard.

Votre père qui se voit déjà dérapant en tête sur une route enneigée des Alpes dans son fourgon aux couleurs de l'Olympique de Marseille qui acceptera sûrement de le sponsoriser puisqu'il a été poussin au stade Vélodrome quand il avait neuf ans. Il s'esclaffe à s'en taper la tête sur le volant, tandis que votre mère fouille funèbre la boîte à gants comme si elle espérait y trouver un revolver pour vous tirer une balle à tous les deux.

— Tu as raté la rue Daumier.

Une marche arrière un peu branlante, puis la rue Daumier et le portail qui se referme derrière la voiture. Votre sac en toile rouge que votre père prend à bras-le-corps et jette dans l'entrée comme un bébé insupportable dont on se débarrasse in extremis avant d'en être réduit à l'étrangler pour lui clouer son bec qui braille comme un baffle pourri.

— Et maintenant, champagne.

— Non, on attend Jérémia.

— On en ouvrira une autre quand elle sera là.

Votre père est déjà à la cuisine, et plonge le bras dans le frigo.

Vous vous allongez sur la méridienne. Un siège prétentieux, auquel vous en avez toujours voulu. Vous enfoncez vos talons dans la toile pour agrandir la fente que vous étiez parvenue à ouvrir l'hiver dernier après une guerre d'usure qui vous avait obligée à prendre de l'aspirine pour calmer les courbatures de vos tendons d'Achille.

Vous ne pensez à rien d'autre, vous ne savez rien du guet-apens qui se prépare, des armes que quelque chose en vous fourbit, des armées qu'on lève, de ces bombardiers aux cales pleines, de ces sous-marins qui manœuvrent et jettent un œil d'un coup de périscope à la surface de votre conscience. Vous ne voyez pas ce point noir dans le lointain, vous le prenez pour une poussière. Vous vous dites que vous ne vivez plus dans la nuit. Plutôt dans la lumière de l'aube, avec le soleil qui se montre parfois le temps de vous faire croire qu'il se lève.

Vous avez entendu sauter le bouchon. La

coupe se balance devant vos yeux dans une main veinée et tachée de son. Vous lui tendez les lèvres, et votre père l'incline. Vous vous redressez quand votre mère se met à hurler pour couper court à ces enfantillages. Elle a un couteau en main.

— Tu ressembles à la femme d'un bourreau.

— Je coupe les queues des fraises.

Vous vous retirez au premier étage. L'abattant des toilettes a pris des couleurs, il était si noir et il est à présent d'un rouge que vous trouvez obscène. Mais il y a toujours le même clou solitaire planté dans la porte. Vous vous êtes toujours demandé si le jeu ne consistait pas à lui jeter sa culotte, marquant un point quand on parvenait à l'y accrocher comme un anneau. La chaîne de la chasse doit dater de l'invention des chiottes, avec sa poignée de bois que les mains ont fini par user en son milieu, jusqu'à la rendre glandue comme un sexe.

Vous passez devant votre chambre. La fenêtre est ouverte. Les tiroirs de la commode sont béants, ils vous tirent la langue. Ils s'imaginent sans doute que vous allez prendre la peine de les remplir de vos affaires, au lieu de les laisser dans le sac et de les arracher au fur et à mesure comme des Kleenex de leur boîte.

— J'ai fait ton lit.

Votre mère dans votre dos. Elle vous tend un peignoir de bain et une serviette. Sa voix a vieilli depuis votre dernier séjour, vous imaginez ses cordes vocales striées de ridules pareilles à celles qu'elle porte comme une moustache au-dessus des lèvres. D'ici trente ou quarante ans, vous serez bien obligée de l'enterrer, et votre père aussi. Il faudra sûrement vous lever aux aurores. On bâcle toujours les obsèques au petit matin pour que les croque-morts puissent passer l'après-midi à la plage.

— J'ai donné un coup de lavette aux tiroirs.

— Tu aurais pu donner aussi une petite douche au plafond.

— Maintenant, ils ont dû sécher.

Elle s'accroupit pour les tâter, et vous avez envie de lui donner un coup de pied. Qu'elle perde l'équilibre en rapetissant assez pour ne pas tenir plus de place qu'une poupée dans le tiroir du bas. Une mère bien rangée, que vous emporterez à Paris comme une mascotte entre peau et tee-shirt. Une mère compressée comme une éponge neuve que vous n'aurez plus qu'à tremper dans l'eau chaque soir pour qu'elle gonfle et puisse vous prendre dans ses bras. Évidemment, ses cajoleries seront un peu humides.

— Jérémia vient de m'appeler.

— Quelqu'un a dû lui apprendre à téléphoner.

— Elle a laissé Pindo chez les parents de Branton.

Pindo, un nom de dinde, votre sœur pourra toujours cuisiner son gnard pour Noël si les volaillers se mettent en grève. Et Branton, un barbu presque chauve qui magouille dans l'humanitaire. Un pauvre type qui d'après vous préférait les autres à lui-même, et devait penser à une vieille clocharde déguenillée en honorant Jérémia.

Votre mère silencieuse, puis qui jette une phrase en hâte. Comme si elle voulait s'en débarrasser.

— Ton père a l'air gai, mais il est triste.

— Tu devrais lui faire couper la prostate.

— Je crois qu'il s'inquiète pour Pindo.

Elle a pleuré. Un enfant si mignon, et pourtant si laid. Gentil, paisible, mais qui à un an avait l'air d'un désespéré. Toute une vie gâchée, un avenir obturé, un bébé comme une poubelle débordante de tous les échecs, les lâchetés, les courbettes, les nuits d'amour sordides comme l'onanisme coupable des mystiques, qui constitueraient son existence inutile aux autres et nuisible à lui-même. Son histoire faisait les cent pas comme une sentinelle. Elle l'attendait. On lisait déjà dans son regard le scénario de sa vie, et quand on fixait trop longtemps ses yeux on pouvait en voir chaque scène à l'état de storyboard. Quand le tournage serait terminé, Pindo aurait tout au plus le privilège de tomber comme un caillou dans une statistique sur le taux de mortalité des Occidentaux nés en février 2006.

— Moi aussi je me fais un sang d'encre.

Les larmes de votre mère se laissaient boire par les bretelles de votre robe bleue. Certaines gouttaient cependant sur la peau de votre épaule nue où elles provoquaient de minuscules boutons d'irritation. Comme si vous étiez allergique à son chagrin.

Vous ne lui aviez jamais passé la main dans les cheveux. Vous n'aviez jamais senti sa tête sous vos doigts. Vous le faisiez pour la première fois. Vous l'auriez même consolée, si elle avait continué à se taire. Si vous ne vous étiez pas rendu compte, que maintenant elle vous parlait de vous. Vous vous êtes contractée, vous avez résisté pour ne pas entendre ses paroles. Vous avez pensé que vous alliez réussir à les éviter. Comme des balles.

Vous lui avez crié.

— Tais-toi, je ne t'entends pas.

Elle n'a plus rien dit. Vous auriez dû quitter la chambre. Car brisant le silence, ses mots que vous aviez réussi jusqu'alors à ne pas entendre, et qui semblaient s'être dissipés, commençaient à redevenir sonores, perçants, à se faire hurlements, et vous l'avez repoussée en vous bouchant les oreilles comme une qui serait trouvée dans un bombardement.

Pourtant, c'était d'une voix douce, qu'elle avait exigé votre bonheur. Elle pensait que pour un enfant, ne pas être heureux revenait à traîner ses parents dans la boue.

— Le bonheur est une question de volonté.

Vous l'auriez insultée. Mais elle n'aurait pas compris. En réalité, elle se taisait peut-être depuis déjà plusieurs minutes. Vous auriez essayé en vain de lui expliquer qu'il arrivait à ses injonctions de voyager avant de vous parvenir comme un message radio venu de loin.

Vous descendez l'escalier. Il vous semble que la réalité dégringole devant vous. Elle fait une mauvaise chute, une chute mortelle. La vie ne se ressemble plus, vous êtes peut-être déjà pendue là-haut. Les cheveux continuent à pousser après la mort, vous vous demandez si de son côté le cerveau ne persiste pas à imaginer. Vous vous dites que non. On dirait pourtant que oui.

Vous retrouvez votre père au rez-de-chaussée. Vous le reconnaissez, mais quelque chose en lui s'est amplifié. Il joue avec la télécommande, en faisant une pitrerie personnalisée à tous les visages qui apparaissent et s'en vont luisants comme des reflets sur l'écran du tube cathodique du vieux téléviseur construit jadis par des ouvriers japonais dans une usine délocalisée depuis 1999 dans un pays émergent.

— Pindo a de la chance.

Votre père de piquer du nez, comme si vous lui aviez parlé d'un corbeau qui depuis un an le réveillerait trois fois par nuit en lui picorant les yeux.

— Maman le pleure de son vivant.

— À tant faire.

Il se met à rire, imaginant sans doute son petit-fils fagoté dans son costume marron d'employé désespéré, toujours suivi par un pied diabolique, autonome, qui prend son élan sans cesse pour mieux botter ses fesses tristes comme un cendrier culotté par les milliers de cigarettes qu'on lui a écrasées sur la gueule.

— Il y a vraiment des avortements qui se perdent.

— Il aura peut-être la chance de se faire étrangler par un maniaque.

— Ces gens-là ont trop bon goût pour débarrasser les familles affligées.

Vous trouvez votre père défaitiste. Vous êtes persuadée qu'au nom de l'égalité des chances, un pédophile progressiste acceptera de tordre le cou de Pindo avec autant de haine que s'il était un enfant radieux destiné à devenir riche et people.

— Et Jérémia qui va arriver.

— Elle n'amènera pas Pindo.

— Je n'aime pas ta sœur.

Aimer ses deux filles à la fois reviendrait à les tromper l'une avec l'autre. Un père doit choisir parmi ses enfants, il ne peut pas davantage les aimer tous, que décider de coucher avec toutes les femmes de la création.

— Ce ne serait pas raisonnable.

Votre mère apparaît. Elle est descendue en catimini avec ses chaussures à la main. Elle se verse une coupe, et renifle la frange de mousse qui crépite à la surface. Elle la vide, se gargarise, et déglutit le champagne tiédi en portant la main à sa glotte.

— J'avais la gorge sèche.

— Pindo t'aura donné soif.

— Cet enfant me rendra folle.

Le menton lui a poussé depuis tout à l'heure. Elle est à présent prognathe comme une cinglée. Elle donne un coup de pied dans le guéridon. Les cacahuètes sursautent dans leur ravier, et la bouteille opine du goulot.

Vous rejoignez la méridienne, fermement décidée à la travailler du talon à lui en faire écumer toute sa bourre. Il y a encore du soleil dans le jardin, pourtant la nuit vous semble tombée. Une nuit opaque qui a enfumé les étoiles. Si opaque, que les lumières électriques ne parviendront pas à la percer. Elle a fait de vos pensées une infinité de petits abîmes où vous allez disparaître infiniment. Vous êtes allongée sur la méridienne, comme le lendemain sur la table de zinc où le légiste a regardé les traces sur votre cou en répétant distraitement dans le micro de son dictaphone.

— Morte par strangulation.

Il a failli allumer une cigarette, mais il s'est souvenu en regardant la flamme de son briquet qu'on lui avait envoyé la veille une note de service pour lui rappeler qu'il était désormais interdit de fumer dans tout l'Institut médico-légal.

— Même dans la salle de dissection.

Si parfois un cadavre se réveillait et remourait aussitôt après avoir attrapé soudain un cancer des bronches. Si l'on rendait aux familles des parents aux cheveux imprégnés d'une insupportable odeur de nicotine, ou avec un peu de cendre sur le foie.

— Pas d'autopsie, remettez-la au frigo.

La lumière vous a été rendue avec le bruit des voix entremêlées de votre sœur et de son mari qui montaient dans l'air de la pièce comme deux couleuvres amoureuses fascinées par la flûte d'un charmeur de serpents de la place Jamaa Lafna.

— Pindo nous a souri quand nous l'avons laissé chez la mère de Branton.

Le gamin était donc devenu assez hypocrite pour montrer les dents, alors qu'il était angoissé à s'en mordre l'intérieur des joues et à les avaler pour que son visage reflète en trois dimensions sa misère intérieure.

Votre mère se renfrognait dans l'angle de la cheminée, tandis que votre père rotait amèrement tout le champagne qu'il avait bu avachi sur le canapé dont il boxait machinalement les coussins.

— Tu as encore grandi.

— Pindo aussi.

En tout cas, vous trouviez votre sœur de plus en plus ridicule de continuer à grimper de la sorte malgré ses vingt-deux ans. Alors qu'elle avait été une adolescente du genre nabot, elle était à présent plus haute que le lustre et menaçait de pouvoir bientôt repeindre les plafonds de Notre-Dame-de-la-Garde avec sa langue sans avoir besoin de se jucher sur un escabeau.

Quant à Branton, il renvoyait l'image d'un nain. Un nain de plus en plus petit au fur et à mesure que sa furie humanitaire le minimisait à ses propres yeux quand il comparait son grain d'existence aux millions de tonnes de Terriens qui d'ici 2150 crèveraient d'inanition, de pollution, ou même d'hydrocution, quand le climat déréglé leur enverrait des trombes de pluie mêlées de grêle après trois décennies de canicule. Plus son image diminuait, plus votre sœur semblait prendre l'envergure d'un campanile.

Votre père a signifié au jeune ménage qu'il avait l'intention ce soir de se coucher tôt. Il a enlevé sa montre, et l'a écrasée sur le nez de Branton qui s'est enfoncé dans son visage comme un clou.

— Il est plus de dix-neuf heures dix.

— Pindo doit être en train de manger sa purée.

— Prenez du pain et du jambon, et vous les boufferez dehors.

— Pindo adore le jambon.

Votre père a sorti un billet de cent euros de la poche de sa veste.

— Ils sont à toi, si tu fous le camp avec ton Branton.

— Je crois que plus tard Pindo aimera l'ar-

gent, l'autre jour il a sucé une pièce de monnaie.

Votre mère a gobé la tête de Jérémia comme une huître.

Vous êtes montée à votre chambre, et au fond de votre sac vous avez trouvé un foulard. On a dit par la suite qu'avec, vous vous étiez pendue.

— Un foulard très solide, donc.

L'inspecteur s'était étonné de votre détermination. Faire un nœud coulant, glisser dedans sa tête, attacher solidement l'autre extrémité à la poignée de la fenêtre.

— Prendre en quelque sorte son élan.

Se lancer, comme on appuie sur la détente, comme on décide de faire feu. Les cervicales brisées net.

— Sa mère l'a découverte.

Votre corps dans ses bras. Le foulard qui maintenant se déchire, comme s'il réalisait soudain qu'il aurait dû le faire avant. Votre corps qui se replie, gros fœtus mort encore tiède qu'elle recommencera à porter désormais. Quand leurs filles meurent, les femmes en redeviennent grosses jusqu'à la fin de leur vie. Leur ventre est beaucoup plus lourd que la première fois.

Mon pauvre amour,

Le néant raconte au vide de bien étranges choses. On dit qu'il lui a confié dernièrement un ragot dont je serais le dindon. Un ragot d'où on pourrait conclure que moi et les miens aurions vécu dans une ces dégradantes histoires où tu aimes à ridiculiser les pauvres gens tombés sous la coupe de ton cerveau démantibulé. La vergogne n'étouffera donc jamais ton imagination ? Tu préféreras toujours aux gens l'extravagance ?

Il paraît aussi que maintenant tu me vouvoies comme une passante. Je suis devenue si lointaine ? Et de quel droit me donnes-tu un nom de gâteau ? Ce n'était pas assez qu'à ma naissance mes parents m'aient bâtée d'un nom de bête de somme ? Évidemment, je ne suis sûre de rien, ici ne nous parviennent que des rumeurs, des cancans, et on se demande bien quel vent les colporte, tant l'air est figé, rare, et pour tout dire, maintenant que je n'en ai plus, il me semble que c'étaient mes poumons qui l'inventaient à chaque instant du temps où je respirais.

Tu crois que c'est facile ici de lire les lettres des hurluberlus qui écrivent aux filles qui ont balancé leur vie par-dessus les moulins comme un jeans parti en quenouille, histoire de se faire offrir une belle robe sur mesure en pin des landes ? Tu t'imagines qu'on est comme à l'hôtel, table à écrire sous la photo d'un lac d'altitude dans un cadre en bois des îles, papier à lettres siglé, et room service quand déshydratés par le chauffage central l'envie nous prend de boire un thé à la bergamote ? Tu pourrais me téléphoner pendant que tu y es ! Tu ne veux pas mon mail par la même occasion ? Un truc du genre, neantcharlotte@lamortsilecœurvousendit ?

Sache en outre, qu'au fond d'un trou les galeries marchandes sont rares, qu'elles ferment la nuit, le jour, et que leur personnel est en grève le reste du temps. Alors, pas question d'aller acheter un bloc, un roller, et une gomme à encre parfumée à la clémentine. Et les facteurs, tu les crois assez dévoués pour dévisser les cercueils afin que les plis des vivants arrivent à leur destinataire ? Tu crois peut-être aussi que lorsqu'on n'a plus rien dans les orbites, le gardien du cimetière est assez philanthrope pour se carapater et te prêter ses lunettes ?

En plus, la mort n'a pas de fenêtre, tu peux toujours courir pour te faire dorer le squelette. Pas de bougie non plus, ni d'électricité, car la décomposition produit des gaz très susceptibles, et la plus petite des flammes, la moindre des étincelles, ferait exploser la baraque comme une voiture piégée.

Déjà qu'à la place du nerf optique je n'ai plus que des chenillettes, comment voudrais-tu que sans lumière je puisse compulser ton tas de sornettes ? Espèce de serpent à sornettes, toujours couché sur ton clavier, à parloter, à papoter avec des cristaux liquides que tu trouves excitants comme des craquettes !

Pauvre amour, vieil hibou qui écrit toute la nuit comme un greffier ébouriffé. Couche-toi, au lieu de veiller. Prends l'habitude de te lever tôt. De te promener dans la forêt. De boire de l'eau. D'abandonner l'herbe à Nicot. Tu devrais pourtant savoir à ton âge que les gens heureux mènent la vie des animaux. La mort n'est pas drôle, essaie de vivre encore quelques années. Deux ou trois décennies, ou bien même tente de passer vaillamment le cap du mois de juin 2055. À cette époque, on fera plus de centenaires que de bébés. Tâche de saisir ta chance.

Un mot encore. Avant de clore ce courrier, je te demande d'imaginer mes sentiments pour toi disparus avec mes dernières pensées. Quand on est un peu patraque, ça change les idées de se dire qu'on a été aimé.

Chère Charlotte,

Votre mère avait rendu sa tête à Jérémia, la
pondant gueule ouverte comme un gros œuf
chevelu. Puis, elle vous a entendue tomber, mourir là-haut, et dans l'indifférence générale, elle
vous a rejointe.

Votre sœur s'est plainte que les sucs gas-
triques l'avaient rendue myope. Branton lui a
promis une paire de verres de contact pêchée
dans les stocks de Tiers Monde Dioptrie dont il
avait été nommé directeur commercial l'année
passée, depuis que Tympan Sans Frontières
l'avait licencié à la suite d'un arrêt de travail
motivé par une otite.

— En attendant, je verrai Pindo flou.

Le téléphone de votre père a sonné.

— Allô.

Votre mère lui a annoncé votre incartade avec
le portable qui était tombé de la poche de votre

robe bleue. Dans les semaines qui ont suivi, l'appareil a sonné dix-sept fois avant que la batterie ne se soit vidée de ses derniers ampères. Pendant une quinzaine de jours, on a continué de loin en loin à vous laisser des messages sur la boîte vocale. L'avant-dernier jeudi de juin, Branton a eu l'idée de résilier votre abonnement et de léguer votre appareil à Puce-Aid. Il a fini dans les mains d'une mère affamée, que les fièvres de la malaria n'avaient pas rendue encore assez excentrique pour le donner à boulotter en guise de barre chocolatée à ses petits maigres et ventripotents assis comme des vieux sous une publicité Pepsi-Cola en tôle rouillée qui leur servait de marquise depuis qu'une tempête d'équinoxe l'avait apportée dans leur village rêche et puant l'odeur de la charogne humaine.

Votre père a raccroché. Ses cheveux paraissaient plus noirs, tant son visage était devenu blanc comme du yaourt.

— Charlotte est morte.

— J'ai toujours peur que Pindo, quand il fera du vélo, tombe dans l'eau.

Votre père est monté à l'étage sur ses jambes qui le portaient comme deux sherpas. Vous étiez dans les bras de votre mère. Vierge à l'Enfant, Pietà, mais en guise de crucifié c'était seulement une jeune femme qui s'était pendue.

Le portable, qu'elle serrait dans sa main comme si elle attendait qu'il sonne la résurrection de la chair. Votre père statique dans l'embrasure, les sherpas refusant désormais d'avancer. Il pleurait des larmes sèches, petites brûlures le long de ses joues blêmes.

Jérémia avait ouvert la porte du frigo. Elle scrutait les victuailles, et Branton dévisageait les cailles en picorant les olives figées dans la sauce. À travers la fenêtre ouverte, on voyait que le jour n'avait pas baissé les bras. Il y avait sur la gauche, rasant le cadre, un nuage maigre et blanc en forme de bonhomme manchot. Les cloches de l'église Saint-Giniez ne sonnaient pas huit heures, car le beffroi était en réfection. Un enfant pleurait au premier étage de l'immeuble mitoyen, et une femme bousculait des assiettes.

— Il m'a toujours semblé que Pindo n'aimerait jamais les cailles aux olives.

Branton a mis le plat dans le four à micro-ondes. Jérémia a pris une baguette dans le sac à pain en toile écrue. Elle l'a coupée avec un couteau à dents trop fines qui glissait souvent sur la croûte. Ils n'entendaient pas le silence qui régnait dans la chambre là-haut où la chaleur ne l'empêchait pas de recouvrir vos parents comme du givre. Là-haut, où il ne se passait plus rien, puisque vous étiez partie en laissant derrière vous votre corps et votre sac de voyage. Une note, un accord disparaissent après avoir été joués, même si le piano persiste à luire de toute la noirceur de sa laque et de la blancheur des touches de son clavier. Votre mère aurait voulu se dissiper avec vous. Une bouffée.

— Quelle drôle d'idée.
Jérémia était étonnée.
— Quelle drôle d'idée, Charlotte, d'être morte.
— On ne peut pas exporter la mort.
Branton pensait qu'on n'exportait déjà que trop les déchets industriels, les guerres et les attentats, vers les pays sous-développés. Ils héritaient de nos poubelles sans avoir joui de nos avantages. On ne pouvait pas de surcroît leur demander de mourir plusieurs fois par tête d'habitant, et pourquoi pas de naître aussi à notre place, et nous envoyer par avions sanitaires des bébés déjà sevrés pour nous éviter le tracas de les mettre au monde. Filtrant nos existences, éprouvant la totalité de la douleur du monde, pour ne nous laisser que l'insouciance en héritage, afin que de la vie il ne nous reste plus que la vie. Comme si la mort et la naissance constituaient de nous les encombrants emballages, dont nous refuserions désormais d'assumer la gestion.

— Si quelqu'un mourait la mort de Pindo, il en serait définitivement débarrassé.
— Rien ne dit que nous aurons un jour la technologie nécessaire.
— La mort, c'est un souci pour une mère.
— La mort est écologique, elle nous recycle.
— J'exige que Pindo soit éternel.

Le four a tinté, les cailles étaient chaudes.

Branton a posé le plat sur la table. Jérémia a pris dans un tiroir deux fourchettes à fondue. Chacun a harponné une bestiole, et ils se sont l'un l'autre touchés d'aise à chaque fois qu'ils déglutissaient. Il leur semblait que l'ingestion les différenciait de leur lointain cadavre qui mangerait si peu.

— Charlotte aurait dû dîner.

— Elle a choisi de mourir à jeun.

— Quand elle était petite, elle crachait son foie de veau par terre.

Mais Branton a dit qu'elle avait voulu se montrer solidaire de tous ceux qui, à chaque fois qu'une seconde tombait au fond de la montre, disparaissaient le ventre creux.

— Pour ainsi dire sans avoir jamais bouffé.

— Par respect pour maman, elle aurait dû au moins tremper ses lèvres dans la sauce.

Branton a plié une caille et trois olives dans un morceau de feuille d'aluminium. Puis, il a glissé le paquet dans un sac en plastique. Il a fourré le tout dans la grande poche fémorale de son large pantalon en toile saumon.

— J'enverrai sa part au Congo.

— Elle va pourrir dans le bateau.

— C'est vrai.

Il a jeté le sachet. Jérémia a rouvert la porte du frigo.

— Il y a des fraises au vin.

Ils les ont mangées à pleines mains, recueillant dans leurs paumes le jus et le versant comme ils pouvaient dans leurs bouches. Quand ils ont eu vidé le compotier, leurs visages étaient poissés de rouge comme s'ils venaient d'assassiner leur prochain. Ils se sont essuyés tant bien que mal.

Jérémia a mis la cafetière en marche.

— J'espère que les parents descendront prendre le café.

— Il faudrait peut-être appeler un médecin.

— J'appelle le docteur Dupré.

Jérémia est montée là-haut. La nuit tombait, le vent de la mer gardait son souffle pour faire quelques vagues en fin de soirée. La ville respirait toujours l'haleine saturée qui l'avait fait haleter toute la journée comme un malade fiévreux. Pourtant, désormais votre mère avait dans ses bras un corps froid comme le marbre de la commode qui bavait toujours ses tiroirs.

Jérémia s'est précipitée sur vous. Elle vous a giflée.

— Charlotte, tu nous auras fait chier.

Elle pensait au dernier repas de Noël. Cette phrase que vous aviez prononcée incongrûment.

— Je me suis suicidée souvent dans ma jeunesse, mais j'ai arrêté depuis longtemps.

Ce rire qui avait suivi, et tout le monde qui avait été obligé de rire aussi pour ne pas vous laisser seule. Pour éviter que vous ne constatiez à quel point vous étiez seule, perdue en vous sur un morceau de vous, détaché de vous, flottant en vous, où vous étiez en train de vous moquer de vous, comme si vous étiez une autre que vous.

— Tu nous auras fait chier.

Votre père qui l'agrippe. Lui donne un coup de pied, que votre mère reçoit à sa place avant qu'il parvienne à l'immobiliser sur le sol. Votre sœur soudain calmée, presque flasque. Votre père recule jusqu'au lit, il tombe assis. Quand elle se relève, il la regarde dans les yeux, fixement.

— Tu as raison, elle nous a fait chier.

On aurait dit que peut-être il allait se mettre à sangloter.

— Le docteur Dupré a dit qu'il serait là avant onze heures.

Et l'annonce ayant été faite, Jérémia est redescendue au rez-de-chaussée. Laissant vos parents à nouveau immobiles, le squelette enfoncé dans leur chair comme un pied dans une botte.

Votre cadavre était à présent dur comme un mur. La main de votre sœur enflait déjà. Si elle vous avait giflée une deuxième fois, elle n'aurait plus eu qu'un gant de chair au bout du bras, une moufle remplie de brisures de carpe, de métacarpe, de phalanges en miettes.

On a toqué au carreau de la porte d'entrée.

— Bonjour, docteur.

— Voyons cette grande malade.

On avait l'habitude d'appeler le docteur Dupré pour la moindre toux, et à chaque vague à l'âme de Charlotte il était autrefois d'urgence convoqué. Il avait pris son parti depuis long-temps de devoir abandonner sa consultation toutes affaires cessantes, de quitter son steak et ses haricots verts, ou de sauter du lit à trois heures du matin pour gagner la rue Daumier encore ensommeillé, essayant de courir malgré tout depuis son domicile de la rue Paradis déci-dément trop proche pour justifier qu'il prenne sa voiture.

— Je vous ai dit au téléphone qu'elle était morte.

— C'est vite dit.

— Elle s'est pendue.

— Elle se pend souvent, la première fois elle avait à peine onze ans.

Jérémia a suivi le docteur. Il a posé son car-table sur la table basse, et a jeté violemment ses fesses sur le canapé.

— Dis-lui d'arriver en vitesse.

— Elle n'est plus vivante du tout.

— Elle va m'entendre.

Le docteur Dupré a bondi, et mettant à profit l'effet trampoline des ressorts du canapé, il est apparu aussitôt au beau milieu de votre chambre. Il avait oublié son cartable en bas. Jérémia venait juste d'atteindre la troisième marche de l'esca-lier, quand il l'a sommée de le lui apporter d'une voix rendue aiguë par l'irritation. Il a salué vos parents immobiles en traçant dans l'air une sorte de virgule avec son nez affûté qui semblait piquant comme la plume d'un stylo.

— Et en plus, elle a pissé.

Les hommes éjaculent quand ils se pendent. Puisque vous étiez une femme, vous vous étiez contenté d'abandonner sur le sol un peu de votre urine sans aucun espoir de voir à l'aube pousser une mandragore sur les tomettes.

— Ce n'est pas trop tôt.

Jérémia essoufflée lui tendait son cartable. Elle retrouvait ses parents comme elle les avait laissés tout à l'heure, en cale sèche par terre et sur le lit, comme s'ils attendaient qu'on les repeigne avant de les remettre à flot.

— Je vais lui faire une piqûre d'adrénaline.

Remède d'après lui souverain contre le laisser-aller, l'indolence, l'apathie. Il a aspiré le contenu d'une ampoule jaunâtre dans une seringue fine comme un compte-gouttes. Il s'est approché de cette mère siamoise avec sa fille morte. Elle l'a vu arriver, avec sa moue boudeuse et ses dents serrées par l'exaspération. Il a frotté votre bras avec un coton imbibé d'alcool. Il a enfoncé l'aiguille d'un geste sec. Le liquide a refusé de pénétrer dans le muscle. Il coulait au fur et à mesure entre deux grains de beauté sur votre peau laiteuse. Il vous a secouée, et votre mère vous a serrée plus fort. Elle vous protégeait contre cet exalté, alors qu'un instant plus tôt elle croyait peut-être encore à ses manigances grotesques.

Comme si faute de tuer, le ridicule avait le pouvoir de temps en temps de ressusciter.

— Après tout, cette tête de linotte n'a qu'à continuer à être morte.

Il a lancé la seringue comme une fléchette. Elle s'est plantée dans une plinthe.

— Tout ce que je peux faire, c'est demander son internement.

Il se trouverait bien un aliéniste assez énergique pour lui faire entendre raison à force de sismothérapie.

— Je me fous qu'elle aime ou non la vie, elle mangera sa soupe jusqu'au dernier vermicelle.

Votre père s'est levé. Calme comme un robot, il a poussé hors de la chambre le docteur Dupré qui s'est mis à glisser sur les semelles de ses mocassins neufs avec la fluidité d'un skieur sur une pente à la neige tôlée. Parvenu devant l'escalier, il est tombé à la renverse et a attendu d'être au rez-de-chaussée pour retrouver sa position verticale. Comme il a senti qu'une bosse était en train d'éclore sur son front, il s'est déporté vers le salon pour s'asperger avec l'eau du seau à champagne. La glace avait fondu, l'eau s'était réchauffée. Il est apparu à la cuisine, et il s'est appliqué le bac à glaçons sur le crâne.

Quand il a jugé qu'il avait suffisamment ralenti la croissance de sa protubérance.

— Je n'ai pas envie de ressembler à un requin-marteau.

Il a attrapé la bouteille de vin à moitié pleine

qui avait servi à préparer les fraises, et il en a bu plusieurs rasades pour se remettre de ses émotions et se donner le courage de continuer à consommer quelques années encore la soupe de sa vie.

Là-haut, il semblait qu'on était sur le point de passer de l'ère du givre à celle de la glaciation. Votre père s'était figé à l'entrée de la chambre. De ses mains, il poussait toujours le docteur. Même s'il était devenu invisible, impalpable, et s'il n'était plus là. Votre mère vous enrobait, comme une coquille l'œuf. À moins qu'elle ne vous ait couvée, dans l'espoir de vous voir éclore et de vous entendre piailler comme un poussin, hurler comme un bébé de vingt-quatre ans, qui après avoir traversé la mort en coup de vent doit réapprendre à marcher.

Elle vous aurait volontiers élevée une deuxième fois, et même davantage si vous lui aviez fait de nouveau la blague de mourir et de revivre encore. Elle aurait aimé pouvoir rire de cette mort passagère avec vous. Vous vous seriez esclaffées toutes les deux en évoquant ce foulard tout juste digne à présent de finir ses jours dans un placard dont on ne l'extirperait que pour jouer à colin-maillard. Un colin-maillard un peu morbide, de ceux auxquels devaient participer les moyenâgeux à l'occasion des danses macabres du mardi gras. En tout cas, votre corps glacé avait contaminé la pièce où il faisait à présent un froid de morgue.

— Il ne manquerait plus que je me sois déplacé pour un acte gratuit.

Le docteur Dupré avait toujours détesté ce genre de prodigalité. Il exigeait le paiement de sa moindre visite. Même sa cousine Canasta, une vieille idiote aussi démunie qu'allergique aux petits pois dont elle faisait périodiquement des orgies pour défier son métabolisme, devait cracher jaune à chaque ordonnance d'antihista-miniques qu'il lui rédigeait de fort méchante humeur à l'encre rouge afin de signifier au phar-macien qu'il fallait sacquer cette patiente et l'avoir à l'œil.

— En plus à partir de vingt heures, c'est une visite de nuit.

Il croyait se souvenir aussi que deux ans plus tôt, vous croisant dans la rue enrhumée, il vous avait conseillé l'aspirine sans qu'il ne vous en coûte un fifrelin. Il n'aurait su au juste à quel prix facturer cet acte un peu sommaire. Et, votre père s'était montré ce soir si bourru qu'au lieu d'un de ces jolis chèques décorés d'une gra-vure du Vallon des Auffes dont il l'avait si sou-vent régalé, il recevrait peut-être une mornifle s'il s'avisait de lui réclamer la moindre rétribu-tion. Pour éviter pareille déconvenue, il a décidé de se payer en nature.

Il s'est emparé de la poussette de marché en

toile écossaise garée devant lui à côté du placard à balais, et il s'est employé à la remplir de tablettes de chocolat, de barquettes Trois chatons, ainsi que d'un pot de miel tout neuf dont il s'est promis de faire les délices de ses petits déjeuners dominicaux.

— J'emporte aussi les sardines à l'huile, les cœurs d'artichaut, et le foie gras.

La poussette n'était même pas à moitié remplie. Il a complété ses courses par un vieux batteur orange qui croupissait sur une étagère dans son carton d'origine depuis la fin des années quatre-vingt, et deux bibelots en verre de Murano figurant un agneau et son pâtre à flûte, que vos parents avaient reçus en cadeau de fiançailles d'un ami farceur, et dont ils faisaient si grand cas qu'ils les avaient rangés au fond du tiroir de la console de l'entrée.

Si le grelot de sa probité naturelle n'avait pas tinté à son oreille, lui rappelant que la cupidité était la sœur cadette de la rapacité des voleurs, le docteur serait allé jusqu'à faire main basse sur la vieille montre de gousset en or qui croupissait avec des pièces de monnaies étrangères au fond d'une boîte qui avait débuté sa carrière pleine de dragées dans un baptême.

Le docteur remontait la rue Daumier, poussant devant lui son chargement comme un noctambule qui vient de faire quelques courses chez l'épicier de garde pour préparer un souper fin à son amante criant famine devant son assiette vide qu'elle martèle du bout de ses ongles laqués de vernis rouge pailleté de mica. À deux pas de son immeuble, il a échangé quelques paroles avec Mme Taboulet, une voisine au visage déformé par les grimaces qu'elle avait pris l'habitude de se faire dans le miroir de sa salle de bains afin de distraire son veuvage.

— Je vais me remarier.

— Pas avec moi, Mme Taboulet, mon cœur est pris.

— On n'est pas obligé de se marier avec quelqu'un. De nos jours, il y a des couples unipolaires.

— Vous pourriez aussi devenir un escargot.

— Comme vous y allez, docteur Dupré.

Elle lui a jeté une grimace à la figure. Sa façon à elle de lui souhaiter une bonne nuit.

— Je vais bien dormir, Mme Taboulet. C'est épuisant de soigner les mortes.

Le docteur avait toujours eu peur des ascenseurs, il accusait les cabines d'avaler les voyageurs avec la voracité des plantes carnivores dévoreuses de mouches. Il a monté l'escalier en portant la poussette de marché sur son dos, comme un père Noël qui se serait trompé de saison et d'accoutrement. Son cartable, dont il tenait la poignée à pleines dents, flottait devant lui comme une barbe en cuir noir rectangulaire remplie d'ustensiles médicaux, d'ampoules et de comprimés. Il n'aurait pas pu prendre les clés dans sa poche sans mettre à bas son chargement, mais grâce au ciel depuis le changement de millénaire la porte s'était convertie à la reconnaissance vocale, et elle s'est ouverte sans mot dire en l'entendant ahaner d'épuisement sur le palier du quatrième étage.

— Tu devrais être couchée, Mazda.
— Grr.

Le docteur Dupré vivait en concubinage avec une femelle panda qu'il avait séduite en Chine centrale lors d'un voyage d'étude de nasothérapie mandarinale organisé par un fabriquant d'épingles de nourrice qui entendait se lancer dans les médecines parallèles. Il avait eu beau lui offrir une myriade de leçons particulières avec une institutrice retraitée de la place Thiars, cette bête obstinée n'avait jamais voulu faire l'effort d'apprendre le français. Elle s'exprimait toujours dans le chinois très primaire dont usaient du temps des brontosaures les paysans de la région de Yichang, à l'époque où cette ville n'était encore qu'un hameau de grottes où on grelottait tout l'hiver étant donné qu'il n'était encore venu à l'idée de personne d'inventer le feu.

— Allons, Mazda, il est temps d'aller au lit.
— Grr.

Sa compagne l'a suivie dans la chambre. Ils se sont postés tous deux devant le lavabo en faïence rose pompon scellé dans le mur tapissé de toile de jute bleu horizon, à côté de l'armoire provençale au bois éraillé par les coups de griffes de Mazda qui détestait les meubles campagnards. Prenant chacun leur brosse à dents, qui entre ses doigts, qui entre ses deux pattes, ils ont sacrifié de concert aux nécessité de l'hygiène buccale. Puis, ils se sont couchés dans le grand lit au sommier défoncé par le poids du panda. Car il s'agissait d'un de ces pandas géants qui pèsent le poids d'un buffle, et remuent de haut en bas leur arrière-train pendant leur sommeil pour effrayer leurs puces. Quand Mazda eut fracassé la lampe de chevet d'un coup de museau, ils s'endormirent.

Mais le docteur Dupré n'avait pas seulement la clochette de la probité dans le fond de l'oreille, il avait aussi au centre du cerveau le gong de l'idée saugrenue qui retentissait à chaque fois qu'un problème le turlupinait. Cette nuit-là, au milieu de l'épisode 1070 d'une longue série onirique qui avait débuté trois années plus tôt, et où, au milieu du XIVe siècle, moine errant, il soignait de duché en comté la peste bubonique, le gong a résonné soudain dans sa tête, dynamitant son rêve, et faisant vibrer son crâne à en fendiller l'os.

— Grr.

Mazda n'appréciait guère qu'il saute du lit aussi brusquement et allume le lustre pour enfiler ses vêtements avec la même hâte que s'il avait dû gagner l'abri antiatomique de la rue du Commandant-Rolland pour se protéger des radiations d'un missile à tête nucléaire tiré accidentellement par un sous-marinier au nez veiné par l'amour du jaja, sur la piscine municipale de Plan-de-Cuques distante de la rue Paradis d'un pas de chat chaussé des bottes de sept lieues.

— Grr.

— Rendors-toi, Mazda, je te préparerai une mangue pour le petit déjeuner.

Avant de partir, le docteur Dupré a coupé le courant pour être sûr qu'aucune lampe, qu'aucun tube fluorescent, ne prenne la liberté de s'allumer en son absence, et ne vienne troubler le repos de sa moitié. Il oubliait que le livarot allait fondre dans le frigo, et que les merlans achetés le matin même chez Baptiste Triton, le jeune poissonnier de la place Delibes, allaient voir leur peau se ternir, et leur chair prendre une épouvantable odeur d'ammoniac.

— Gaston Kiwi.

Le docteur répétait ce nom à haute voix en descendant le boulevard Périer. C'était à lui qu'il avait pensé au moment où le gong avait fait exploser son rêve.

— Gaston Kiwi.

Une sorte de philosophe astucieux, qui avait toujours considéré la métaphysique comme une boîte à malices où l'on pouvait puiser à sa guise pour colmater les vies qui prenaient l'eau, ou multiplier le temps par deux quand on avait un planning surchargé.

Le sieur Kiwi ne dormait jamais la nuit, qu'il considérait comme une diablerie capable de vous réduire en cendres si on ne l'effrayait pas toutes les heures en agitant sur le toit une lanterne, comme on ferait un clin d'œil aux étoiles. Quand le docteur est arrivé impasse Harmonide, Kiwi était justement juché sur le toit en tuiles de sa maisonnette, et d'un geste ample semblait donner à brouter sa lanterne à la lune.

— Mon vieux Gaston.

— Hippocampe, mon ami.

Et Gaston de sauter à pieds joints dans les bras du docteur dont il était le seul à connaître l'étrange prénom, que même ses intimes appelaient Édouard. La lanterne ayant malencontreusement atterri sur son os pariétal, le docteur Dupré n'a guère tardé à troquer sa tête contre une boule de feu. Gaston a essayé de l'éteindre en débitant un flot de spéculations thomistes sur les causes premières du Déluge. Mais comme une odeur de côtelette grillée commençait à flotter dans l'atmosphère, il s'est décidé à aller chercher l'extincteur qui montait la garde en habit rouge dans son oratoire pour étouffer en cas de nécessité le feu de l'Esprit-Saint. Quand il l'eut aspergée, la tête du docteur ressembla à celle d'un bonhomme de neige à qui on n'aurait pas encore planté de carotte au beau milieu.

— Entre donc te débarbouiller, Hippocampe.

Le visage du docteur réapparut après des ablutions d'eau tiède. Les cloques ne l'embellissaient pas, mais elles donnaient un certain relief rougeoyant à sa peau d'ordinaire pâle et lisse comme un calisson.

— Kiwi, j'ai une morte sur les bras.

— La métaphysique en raffole.

— Il faut la sortir de là.

La tête penchée par la fenêtre, Kiwi surveillait la lune. Le cœur rempli d'espoir, par solidarité le docteur la regardait lui aussi de ses petits yeux qui surnageaient au-dessus de son nez comme des pépins sur une tranche de pastèque. Mais soudain, envoyant bouler son ami sur le linoléum, d'un coup de reins, Kiwi se téléporta jusque devant la trappe qui menait au sous-sol de sa minuscule habitation d'anachorète.

— Vite, Hippocampe, les vélos.

Depuis plusieurs années, des vélos antiques étaient pendus dans la cave aux murs couverts de salpêtre comme des mutins dans la cale du Bounty. Les deux amis les ont remontés à la surface en haletant sous le poids de leur rouille. Kiwi leur a regonflé les pneus avec un peu de souffle divin qu'il avait justement mis en bouteille la semaine passée dans la crypte de l'abbaye Saint-Victor, tandis que le docteur leur épousseterait la selle du revers de la manche. Et les voilà partis sur leur monture, comme des chevaliers brinquebalants à la recherche d'un improbable Graal.

Les vélos grinçaient et n'étaient pas contents du tout de supporter les deux hommes dans la dure montée de la rue Fargès. Tout en écrasant sans pitié les pédales, Gaston Kiwi expliquait au docteur une théorie si fumeuse qu'il en toussait comme un malade au dernier stade de la bronchite chronique.

— Si la maison recule, la terre sera bien obligée de reculer aussi.

Ils sont arrivés rue Daumier. Kiwi philosophait sans discontinuer.

— Un métaphysicien se doit parfois de faire fi des ukases de l'attraction universelle.

Les vélos fourbus se sont couchés sur le trottoir.

— Vous êtes vraiment une paire de feignants.

Visant le ventre mou de leur chaîne, Kiwi leur a fait goûter de son genou cagneux et dur comme un gourdin. Ils se sont illico redressés en geignant comme des esclaves morigénés.

— À cheval.

Nos deux héros se sont remis en selle. La voie était libre, car à l'instant où vous aviez rendu l'âme, le portail de votre maison s'était ouvert comme une pierre tombale béante sur la ville.

Les pneus presque à plat malgré le coup d'air que Kiwi leur avait donné avant de partir, ont affronté dans la douleur les cailloux du jardin.

— Du nerf, Hippocampe, il faut que le choc soit colossal.

Ils ont foncé sur la façade en se traînant. Et au dernier moment, les vélos effrayés ont refusé l'obstacle qu'éclairait confusément le lointain halo d'un lampadaire rétracté sous l'un des platanes de la rue. Se cabrant, les engins ont jeté à terre leurs cavaliers, et ils ont pris la fuite sur-le-champ par crainte des représailles. On a su plus tard qu'ils avaient erré cahin-caha dans Marseille, et que des témoins dignes de foi les avaient vus tournicoter sur la Corniche. Après avoir sauté le parapet, ils s'étaient jetés dans la mer où ils avaient péri.

— Nous nous passerons de ces poltrons.

Les compères se sont relevés en massant leurs derrières en capilotade.

— Prenons notre élan, Hippocampe.

Kiwi a entraîné le docteur jusqu'à l'avenue du Prado.

— Prends ton souffle, Hippocampe.

Ils ont remonté la rue en courant. Ils couraient si mal qu'on aurait dit qu'ils boitaient. Ils ont fini pourtant par s'écraser avec mollesse contre la maison. Hélas, elle n'a pas bronché.

— Ce bâtiment est obstiné.

À plat ventre sur le gravier, exaspéré, furieux, Kiwi a martelé le mur d'un poing poussif. Mais cette fois, la maison a fait preuve d'une bonne volonté inespérée, prouvant ainsi, chère Charlotte, qu'elle avait de l'affection pour vous, qu'elle aussi vous aimait. Elle se souvenait du bébé qui avait pleuré dans ses entrailles, de l'enfant qui lui avait explosé une persienne un jour de colère avec une boule de pétanque, de la jeune fille qui en cachette avait pleuré et fait l'amour sur le vieux canapé aux pattes cassées en pénitence dans le grenier depuis deux ou trois générations.

— La gravitation, Hippocampe.

Elle était vaincue. La maison baissait la tête, et de toutes ses forces poussait la terre qui cédait peu à peu dans sa grande mansuétude, car elle aussi, de vous avoir portée vingt-quatre ans, de vous avoir sentie courir sur son pelage, avait appris à vous apprécier, à vous chérir, à vous aimer assez pour faire voler en éclats les lois de la mécanique céleste, et à s'en retourner vers le soir, à s'en retourner vers la veille, à retrouver le soleil couchant, à remonter le temps jusqu'à l'instant où vous aviez mis ce foulard à votre cou, à vous faire rejoindre le salon, la voiture, et à faire entrer le train en gare une deuxième fois.

Il faisait jour à présent, il faisait soleil, le mercure montait soudain dans les thermomètres en acajou que les brocanteurs proposaient à leurs clients nostalgiques quand ils n'avaient plus de pendules Empire à leur vendre.

— Quelle chaleur, Hippocampe.

Le portail s'était refermé, comme la dalle d'une tombe qui se serait trompée de jour, d'année, de jubilé. Pour la première fois depuis son invention, le temps avait accepté de se laisser bousculer, et d'accorder une seconde chance à l'une de ses pratiques. Après tout, Dieu sauve qui il veut, et il n'a pas plus de comptes à rendre aux scientifiques qu'aux anges ou à ses saints.

— Gaston, nous allons pouvoir tirer cette idiote de ce mauvais pas.

Maintenant la journée d'hier était revenue, vierge, pas encore vécue. Il suffisait de donner un coup de dents au foulard pour qu'il se déchire, ou même de le jeter comme un vieux mouchoir. Vous décideriez enfin de rompre avec le suicide, cet amant dépravé qui tout au long de votre histoire n'avait fait que vous enfoncer ses crocs dans le cou, et boire votre souffrance comme un vampire.

Mon pauvre amour,

Tu continues à écrivasser, mon bel écrivassier ? Tu bricoles la phrase, tu te pavanes, tu marches encore de long en large dans un bouquin comme un plouc sur son bout de jardin ? De quoi tu parles ? De qui ? Je ne t'entends pas !

Je ne t'entends pas, tu comprends, je n'entends plus rien. Tu crois que la mort est un music-hall ? Qu'on écoute là-bas des bardes ? Qu'on éclate de rire à s'en décrocher le maxillaire en écoutant tes histoires ? Tu t'imagines qu'on a de quoi faire des larmes en se tapant des élégies comme on se tape des pauvres nanas dans tes romans ? Tu m'amuses, pauvre amour, avec tes œuvres complètes que tu étires désespérément chaque nuit sur ton clavier comme un garçonnet de huit ans son petit kiki !

Écoute celle qui a vécu, celle qui s'est battue, celle qui a été vaincue, celle qui est morte. Après tout, une défunte a droit à la liberté d'expression comme la première demoiselle venue. Je t'ai aimé, tout le monde l'a su, mais comme les cocus leur infortune, tu n'as appris mon secret que le jour de mon enterrement.

Bien sûr, à l'occasion je t'ai fait une ou deux confidences, en passant, en rigolant, pour que tu ne me prennes pas au sérieux. Tu sais, il y a des femmes qui font croire à l'homme de leur vie qu'ils sont des amants de passage, des amis perdus au milieu du troupeau de leurs relations.

— À quel point je t'aimais.

Mais je n'étais pas assez sotte pour courir le risque que tu le saches. Non mais, pas folle la Charlotte aux framboises ! Qu'est-ce que tu aurais fait de trente mille tonnes d'amour ? Tu aurais été écrasé comme une fourmi sous la semelle d'un godillot. Tu n'étais jamais qu'un homme. Aux hommes, trop d'amour leur donne la gueule de bois.

C'est tout juste si tu ne fondais pas comme un grêlon sous le plus tiède de mes baisers. Je t'assure que souvent j'aurais préféré en aimer un autre. Un idiot, un gros moche, un tas analphabète sur lequel crachent même les boudins.

Je t'ai tellement aimé, que je me suis forcée à aimer d'autres mecs en même temps que toi, pour que tu t'imagines, que je ne t'aimais pas. Je jouais la copine, le feu follet qui met le feu aux draps et se casse au matin pendant que tu étais encore raide dans ton sommeil comme Dracula au fond de sa crypte.

— Je m'en foutais.

Je savais que tu n'étais pas le miroir de l'ascenseur, tu ne pouvais pas voir mes larmes aux yeux si discrètes, larmes coquettes, larmes de midinette qui sort du cinéma avec des images plein la tête.

— Tu t'y crois ?

Une gonzesse qui ne pensait qu'à toi. Tu te prends pour le roi ? Avec ton ego énorme comme un frigo. Mais, pauvre amour, si ton pantin de braguette avait été aussi dodu, il n'aurait certes jamais pu pénétrer mon fendu, et au sens biblique, mon chéri, nous ne nous serions pas connus ! Oui, d'accord, c'était loin d'être le cas. Allez, va, ne fais pas la tronche. Tu trouveras bien une godiche pour le comparer à l'Annapurna.

— Pour un peu, tu t'imaginerais que je suis morte pour toi !

Eh bien non, verbiforme starlette, je me suis tuée parce que j'avais perdu ma goélette. Moi, qui suis si peu gouinette. Tu ne la connaissais pas ? Je t'en ai pourtant si souvent parlé. Une amourette de remplacement. J'étais si délicate, si soucieuse de ton confort psychique. J'allais si mal, je tombais. Je n'aurais pas voulu que tu puisses imaginer, que c'était toi qui m'avais poussée. J'ai nagé après elle toute la nuit. La tempête soufflait, à contresens du rayonnement de mon portable, et la goélette continuait sa route vent debout. Mes SOS se heurtaient à des murs de vagues, les mots de mes messages se dissolvaient dans l'eau.

— Oh, et puis, tu sais, le suicide est une sale manie !

À force de se les ronger, un jour on n'a plus d'ongles. Tu es si attentif depuis que j'ai joué les pendentifs. Tu es presque amoureux, et comme tu es tendre. Non mais, l'iceberg, comme tu t'es liquéfié. Tu aurais pu me câliner davantage de mon vivant. M'écrire des lettres, des livres, des romans. S'il faut être morte pour être regrettée, je conseille aux jouvencelles de porter le linceul en guise de parure, de lingerie de soie, de satin, de percale.

— Les hommes sont des insectes si étranges !

Avec leur antenne télescopique qui leur sert aussi à faire pipi, qu'est-ce qu'ils captent ? Leurs testicules sont des piles ? Des batteries qu'ils chargent en se branchant sur nous ? Leurs yeux nous voient ? Ou ils nous soupçonnent à tâtons du bout des pattes ? Ils nous prennent pour des terriers ? D'obscures galeries qu'ils explorent leur vie durant coiffés d'un casque à lampe ? Ils nous visitent comme on va au charbon ? Nous sommes des trous obscurs ? Mais mon amour, j'étais ensoleillée ! Tu n'as jamais été ébloui ?

Pourtant, pour mieux te voir, je t'ai si souvent illuminé !

Enfin, il me semblait que mon regard projetait sur toi une sorte de clarté. Il fallait bien que je t'éclaire, avec ton visage versatile sur lequel en plein jour tombait la nuit. On éclaire bien les tableaux à la peau trop fragile pour supporter la lumière du jour.

— Encore une de tes crises de mégalomanie !

Tu te prends maintenant pour une œuvre d'art. Tu profites de ma faiblesse pour couvrir de ta voix mon chuchotement. Mon petit filet de silence, ma parole muette de morte.

Je ne t'éclairais pas, mais souvent je te suivais. J'avais même déménagé pour habiter près de chez toi. Je savais me faire transparente. Je te prenais en filature comme si j'avais été ton ange gardien.

Je te voyais au supermarché charger ton caddie avec tes gestes délicats de manœuvre qui jette des gravats dans une benne. Tu n'achetais pas souvent de pâtes, je me demande bien pourquoi. Des œufs à l'occasion, un rôti pour tes enfants quand ils venaient passer le week-end chez toi. J'aimais bien ta façon de souffler comme un cachalot quand tu soulevais les échafaudages de packs de Coca, et quand tu faisais la girafe pour scruter les laits maternisés qui devaient te rappeler des berceaux perdus dans le lointain de ta trentaine.

Ta carte de crédit qui sautait en l'air quand tu réussissais à la pêcher dans un recoin de poche, et cet air pétrifié au moment du code comme si tu étais sur le point de déclencher la mise sur orbite du magasin. Tu veux aussi peut-être que je raconte tes pots de moutarde, tes cotons-tiges, et tes berlingots d'assouplissant à la vanille ? Tu serais sans doute ravi si l'on publiait par la même occasion le contenu de ton panier à linge, de tes cendriers, et de ta très gracieuse poubelle ?

— Je collais l'oreille à ta porte.

Je t'entendais arpenter le parquet, et maltraiter la bouilloire électrique comme une vieille Anglaise qui a perdu la boule. Je t'entendais t'asseoir en catastrophe sur le canapé blanc. Je t'entendais ruminer, je t'entendais écrire. Je t'entendais dormir, je t'entendais rêver.

— Non, j'étais dans mon lit et je pensais à toi.

Oh, et puis, la plupart du temps je pensais à autre chose ! Je n'étais pas ta spectatrice, déniche-toi donc une gogole pour assister à ta vie comme à un spectacle.

— Je t'attendais sur le trottoir d'en face.

Je n'avais pas assez de recul pour voir tes baies vitrées, et toi en train de faire des pompes sur le tapis pour perdre ton bide de père de famille. Je finissais par m'en aller, mais tu étais bien obligé d'apparaître un jour. Tu avais beau t'oursifier avec l'âge, les vieilles bêtes sortent tôt ou tard de leur antre pour aller se bâfrer un pingouin. Tu baissais la tête, tu descendais la rue. Je te poursuivais, tu atteignais des carrefours et je te voyais entrer dans des bars dont tu ressortais aussitôt par une autre issue comme si tu avais traîné un fil derrière toi, comme si tu avais voulu coudre les troquets entre eux pour en faire une guirlande. Tu n'étais même pas saoul, à peine un peu plus survolté après une demi-douzaine d'expressos. Je courais derrière toi, et tu faisais naufrage dans une crêperie où tu chipotais une galette. Tu levais l'ancre si précipitamment que tu emportais avec toi la nappe à carreaux, la table, et tu faisais la tronche quand tu te retrouvais nez à nez au milieu de ton couloir avec la serveuse puant le beurre que tu avais aspirée dans ton sillage.

— Tu me fais encore tenir des propos saugrenus !

Il n'y avait pas de crêperie dans ton quartier, et tu marchais droit. Tu avançais trop vite, je te perdais de vue. Je n'ai jamais su vers quelle galère tu te précipitais. Je rentrais épuisée dans ma cambuse. Allongée sur le matelas, je regardais hébétée mon vélo garé sous le vasistas. Je me demandais pourquoi je ne m'étais pas amourachée plutôt de ton frangin, un brave garçon malchanceux qui n'avait jamais eu l'audace de naître. Toi, le fils unique qui a toujours cru que le système solaire était son géniteur. Toi, le royal bébé resplendissant depuis dix lustres et des brouettes sous les astres installés tout exprès à sa naissance dans la Voie lactée énamourée comme les spots d'une cabine de bronzage pour haler à longueur d'année son adorable épiderme en pleurant de joie des poussières d'étoiles.

Drôle d'idée de jeter son dévolu sur un mec qui s'aime à lui tout seul comme un régiment de tendrons. Tu as toujours été la femme de ta vie. Pourquoi en chercher une autre ? Les ménages à trois prêtent à rire, et ils sont déprimants comme des partouzes.

Les mortes sont parfois injustes. Je t'appelais dans la nuit, et tu étais toujours là. Tu me serrais dans tes bras, tu me consolais d'être en vie. Tu étais insomniaque, et tu me berçais si tendrement que je m'endormais. Tu étais ténébreux, et pourtant tu m'as rendue heureuse souvent. J'avais appris à te connaître, comme on apprend à parler une langue étrangère. Comme on apprend l'algèbre, la théorie du chaos.

— Assez parlé de toi, l'homme du moi !

Regarde mon absence, caresse le vide de ma silhouette de néant. En partant j'ai emporté mon image, je l'ai découpée avec soin avec mes ciseaux à bouts ronds d'écolière. Mon image vivante, celle dont toutes les photos ne seront jamais plus que des images. J'étais ce qu'on appelle une jeune femme pleine de vie, et ces overdoses de désespoir servaient de produit de contraste pour qu'on puisse mieux voir scintiller ma joie. J'ai connu le bonheur invraisemblable des grands tristes, ceux pour qui la lumière est rare. Quand la lumière n'est pas un dû, elle devient un cadeau féerique. Tu n'as jamais vu un rayon de soleil d'hiver quand il a eu la générosité de se battre depuis le petit matin pour percer les nuages en rangs serrés gris et durs comme des ardoises ?

— Raconte-moi, mon amour.

Tu sais très bien que moi je ne peux plus rien dire, tu sais bien que moi je ne dis rien. Je veux bien croire aux rumeurs pour te faire plaisir. La rumeur que les mortes vivent encore assez pour parler, pour écrire. On peut toujours rêver, raisonner, et penser que si elles aussi sont des rumeurs, d'elles alors peuvent naître d'autres rumeurs comme un mensonge en entraîne un autre, comme un mensonge fait des petits. On peut sans doute refuser certaines choses à celui qu'on aime, mais pas de mentir pour le tirer d'un mauvais pas. Pas de mentir pour l'aider à fomenter un livre dérisoire où il s'agite comme un beau diable pour me faire sortir de la tombe grouillante de phrases comme s'il se prenait pour un magicien. C'est dérisoire, mais pourquoi les plus belles preuves d'amour n'auraient

pas le droit à l'occasion d'être les plus déri-
soires ?

— Raconte-moi simplement, ne me noie pas
dans un conte de sorcières.

Nous en avons tellement chez nous des
monstres, des fantômes, des lutins, du brouillard,
des aurores noires, des crépuscules glacés, et
surtout nous n'avons rien. N'oublie pas que je
suis une rumeur sans aucun fondement, pas
cette fille que tu t'attends encore à croiser dans
la rue, ou à voir apparaître à l'œilleton quand on
gratte à ta porte. Si tu entends gratter cette nuit
à ta porte, si tu entends frapper, cogner désespérément à en faire craquer les gonds, c'est que
des malotrus sont en train de te cambrioler.

— Si on gratte à ta porte, appelle la police !

Et si par le plus grand des hasards je te laisse
demain un message sur ton répondeur, n'oublie
pas surtout de te jeter de ton huitième étage, ça
vaudra toujours mieux que de devenir fou.

— Arrête !

Tu sais très bien que ne t'aurais jamais proposé de te jeter par la fenêtre. Encore une fois,
tu bavardes pendant que je me démène pour te
ramener à la sagesse perchée sur mon caveau
comme sur une estrade !

Tu aurais dû m'inventer un livre quand j'avais
encore des yeux. Je l'aurais lu dans ma cham-

brette en mangeant des loukoums. Je l'aurais lu au soleil, square Beauharnais, à la place de *La recherche du temps perdu*.

— Tu te souviens quand je lisais *La fugitive* sur la terrasse de notre chambre à Djerba la Douce ?

Chère Charlotte,

Je reconnais que j'ai beaucoup exagéré. Quand vous êtes morte, vous aviez déjà trente-quatre ans. Mais vous paraissiez si jeune. Il y a des gens qui ont perdu dix ans en cours de route. Vous étiez peut-être comme ces voitures de dessin animé qui ont perdu une roue et continuent à rouler aussi longtemps que le conducteur ne s'en est pas aperçu. Quand il s'en aperçoit, elle tombe dans le ravin.

Vous ne connaissiez personne à Marseille, et vous auriez dû vous y rendre pour la première fois le week-end qui a suivi votre décès. On a retrouvé votre billet de TGV dans vos affaires, ainsi que deux places pour *Lohengrin*, qu'on a chanté sans vous le 23 mai à l'Opéra Bastille. J'ignorais que vous aimiez Wagner.

Vous savez comme moi que vous n'êtes pas morte le 7 juin, mais le mercredi 21 mars 2007 à sept heures trente du matin, tandis qu'à la suite d'un prix littéraire je pérorais sur une radio nationale. D'autre part, à l'instant où je vous écris ces lignes, je puis vous assurer que votre sœur n'a toujours pas pondu de marmot. Il y a peu de chance du reste, qu'enceinte d'un petit garçon, il lui vienne un jour l'idée de l'obliger plus tard à travailler dans un cirque en lui donnant le doux nom de Pindo. J'ai sans doute ridiculisé la réalité par habitude, et puis c'est plus facile de raconter des histoires. Un observateur peu amène, pourrait dire que je tords le réel pour éviter de me cogner la tête contre son métal froid. Un peu comme je me garde d'avoir un revolver sous mon oreiller. Un coup est si vite parti.

Oui, je me souviens de Djerba. Nous y étions durant la troisième semaine de votre dernier mois de septembre. Vous vous leviez à l'aube pour aller courir aux alentours de l'hôtel, avec toute une troupe de matinaux dans la banlieue désolée de l'hôtel. À midi, vous m'abandonniez à la terrasse du bar pour suivre un cours de gym aquatique. Je vous regardais lever la jambe, sauter, tendre vos bras vers le ciel, et faire mousser l'eau à force de la battre avec vos pieds. Vos mains étaient crispées sur le rebord, comme si vous aviez voulu pousser la piscine dans la mer. Ce que vous avez pu lutter, ce que vous avez pu vous débattre, ce que vous avez pu nager, pour garder la tête hors de l'eau, pour continuer à bouffer l'existence.

Vous étiez venue chez moi un vendredi matin. Vous aviez apporté des croissants. Nous nous étions assis devant l'ordinateur. Nous avions cliqué sur Djerba, et il nous avait semblé qu'Internet nous envoyait à l'instant là-bas en même temps qu'il acheminait les numéros de la carte de crédit vers les caisses du Club Med. Vous n'aviez vu la mer qu'une fois un jour maussade à Dunkerque, et elle était froide et verte.

Dans l'après-midi, vous avez fait les boutiques pour trouver un maillot. On ne vous proposait que des jupes en laine, des écharpes, et d'affreuses chaussettes.

— C'est la mode d'hiver.

— On ne se baigne pas en chaussettes.

— Nous sommes vraiment désolés.

Vous vous êtes alors souvenu que vous aviez une nièce rue Vavin. Une fille de dix-sept ans qui mesurait comme vous un mètre soixante-huit, et passait son temps à acheter des fanfreluches et des fringues chez Zara.

Vous êtes arrivée chez elle essoufflée, comme si vous aviez craint qu'elle ne soit en train de jeter le contenu de sa penderie pour pouvoir offrir un logement plus spacieux aux lainages et aux anoraks achetés la veille en prévision des premières neiges de la Toussaint. Mais une poussée d'acné l'avait contrainte à rester calfeutrée dans l'appartement familial à l'abri des regards de la foule des rues et des gandins du lycée Montaigne.

Elle vous a ouvert le visage emplâtré d'un masque à l'argile.

— J'ai honte de ma peau.

— J'ai besoin d'un maillot.

Le soleil brillait encore quand vous êtes rentrée rue de Nice avec dans chaque main un grand sac Monoprix rempli de maillots de toutes les races et de robes d'été caramel, chocolat, ou aux couleurs si acidulées que vous aviez peur de vous retrouver dépenaillée si un jour me venait l'idée loufoque de les croquer sur votre corps comme des bonbons.

Vous viviez dans une colocation depuis l'an passé. Une vaste pièce commune au rez-de-chaussée, des chambres à l'étage distribuées le long d'une coursive comme les cabines d'un paquebot. Un paquebot qui n'était sans doute pas près de couler, car il vous était arrivé certaines nuits de croiser un rat en balade qui grimpait par une bouche d'aération jusqu'aux combles où il devait partager ses pénates avec les pigeons qui vous réveillaient à l'aube par leurs roucoulements. Le propriétaire des lieux était sûrement un ami des bêtes, malgré vos plaintes il avait toujours refusé de les chasser.

Il a préféré vous expulser à leur place au mois de février. Il vivait peut-être en concubinage avec une cartomancienne qui l'avait prévenu du compte à rebours. Il aura préféré vous substituer quelqu'un dont le bail avec l'existence n'expirerait pas dans ses locaux.

Le lendemain, vous aviez rendez-vous avec la directrice de rédaction de la station de radio qui vous avait engagée deux ans plus tôt en qualité de journaliste. L'audience avait faibli depuis juillet. Elle ne vous a pas caché que vous aviez trois chances sur quatre d'être licenciée avant la fin de l'année.

— Nous avons fait des lots.

Vous faisiez partie d'un lot de quatre employées, dont une seule allait échapper aux griffes de l'ANPE. Une femme de trente-neuf ans qui travaillait pourtant à l'abri des regards dans un recoin où elle triait les dépêches, avait été virée le mardi précédent. On craignait que ses pattes d'oie ne donnent à la station une image de canard boiteux, car un gros annonceur en visite l'avait croisée dans un couloir et s'était cru autorisé à négocier le prix de diffusion de ses spots en prétendant que certaines auditrices lui ressemblaient.

— Et l'espérance de consommation des personnes âgées est réduite.

En sortant de son bureau, vous vous êtes rendue aux toilettes. Le rouleau de papier a filé dans la cuvette trempé de vos larmes. Vous avez croisé une animatrice qui faisait partie d'un autre lot que le vôtre. Elle vous a demandé si la lumière des plafonniers vous piquait les yeux au point de vous obliger à porter des lunettes noires.

— Oui.

Ouvrant la porte de votre chambre en fin d'après-midi, vous avez découvert un pigeon endormi sur votre oreiller. Vous n'auriez pas dû laisser la fenêtre ouverte, il avait cru à une invitation. Vous avez quitté la maison en hâte. Il vous semblait entendre dans votre dos les grandes enjambées des rats tombés des combles qui vous poursuivaient afin de laver l'affront que vous veniez d'infliger à leur confrère l'oiseau en refusant de partager avec lui votre couche.

Un orage a éclaté au moment où vous mettiez les pieds dans la rue. Vous êtes arrivée chez moi dégoulinante comme une statue de fontaine. Toutes les pièces de l'appartement étaient éclairées, une chanteuse piaillait dans le téléviseur, et comme vous ne me voyiez nulle part, vous avez pensé que pour une raison inconnue j'avais moi aussi déguerpi précipitamment de mon domicile.

Vous m'avez trouvé recroquevillé dans le placard de l'entrée que vous aviez ouvert pour prendre une serviette. Votre regard surpris m'a clairement demandé ce que je faisais là.

— J'ai eu peur de la foudre.

Vous m'avez extirpé de mon refuge où un tour de reins me maintenait captif. Je me suis trempé en vous enlaçant. Nous nous sommes mis à trembler tous les deux. Nous nous sommes réchauffés dans la baignoire, rajoutant de l'eau chaude à chaque fois que le bouillon tiédissait. Ce n'était pas facile de faire l'amour dans un endroit si étroit, si glissant. Vous avez fait plusieurs fois de l'apnée, et il m'arriva de me trouver en grand danger de couder la partie de moi-même qui nous était la plus utile à ce moment-là.

Nous avons fait des bonds de la baignoire jusqu'au salon. Maintenant, le ciel était dégagé. J'ai vu passer un avion que rougissait le soleil couchant. Quand je vous l'ai montré du doigt, il avait disparu. Nous avons regardé les infos.

— Ils font une de ces tronches.

— Ce sont des condamnés à mort.

— Maintenant, on voit un cul.

Une publicité pour une crème contre la cellulite.

— J'ai une bouteille de champagne au frigo.

Nous en avons vidé la dernière coupe devant un débat sur l'intelligence artificielle. Dans quinze ans, il y en aura dans tous les objets, et on se sentira bête en posant la main sur sa brosse à dents. Je ne parle même pas de mon ordinateur qui critiquera d'une voix de fausset les moindres de mes phrases, et les effacera en ricanant.

— Je n'aurai plus qu'à me faire engager comme domestique par un crayon.

Mais il abusera de sa supériorité et me crèvera un œil du bout de sa mine.

— On ne pourra même plus se rendre maître d'un torchon.

— Arrête, tu me fatigues.

Nous nous sommes couchés. Vous vous êtes endormie, tandis que je me retournais dans le lit en rêvant d'un somnifère. J'ai sûrement fini par en prendre un, et quand je me suis réveillé vers onze heures vous étiez déjà partie.

Les nuits qui ont suivi, vous les avez passées avec votre nouvel amant. Un skipper que vous aviez interviewé au mois d'août. Il avait sept ans de moins que vous, et se trouvait trop jeune pour s'engager sérieusement.

— En plus, je n'aime pas trop les enfants.

Vous qui depuis votre nubilité aviez pris la décision de ne jamais en commettre.

Vous aviez un filleul de sept ans. Je ne sais plus s'il portait un nom de fruit, en tout cas sa mère s'appelait Mirabelle. Vous regardiez les photos des miens, quand au retour des vacances elles traînaient sur la table basse. Vous ne les aviez jamais rencontrés, je sentais pourtant que vous éprouviez de l'affection pour eux. Partageant le lit de leur père, vous aviez peut-être tissé en votre for intérieur des liens imaginaires de tante à neveux avec ces gamins de pixels.

Vous m'aviez dit quelques jours plus tôt que le skipper serait peut-être le grand amour de votre existence.

— Mais si tu m'épouses, je le quitte.

Mon rire était resté en suspens entre nous, avant que vous ne vous mettiez à rire aussi.

Certains soirs, vous abandonniez le skipper à son trimaran. Vous m'envoyiez un message pour me prévenir de votre arrivée. Vous me parliez jusqu'à l'aube de ce reportage dans un village de déshérités de grande banlieue qui vivaient dans des cabanes rapiécées avec des morceaux de cartons siglés Évian, Vittel, ou Buitoni. Ils s'éclairaient et cuisinaient avec l'électricité volée à un pylône. Vous étiez chargée de recueillir les témoignages de ceux dont le sort était particulièrement propice à la masturbation compassionnelle.

Vous aviez du mal à les approcher, et la directrice de rédaction s'indignait de votre faible rendement. Vous éprouviez comme un malaise à les faire parler pour mériter votre salaire, alors qu'on vous refusait les notes de frais qui vous auraient permis de les ravitailler.

— En fait, je n'ai pas le courage.

Je vous disais que la radio ferait faillite, car la misère ne séduit pas les jeunes.

— Et les vieux s'en foutent.

Vous l'aviez connue, et vous ne l'aviez pas aimée. De l'époque où l'Armée du Salut vous abritait au Palais de la femme, ne vous restait plus que ce petit manteau gris dont le drap usé m'attendrissait comme la peau râpée d'un vieil ours en peluche. Le bâtiment était interdit aux hommes, dont la chefferie redoutait le pénis à l'égal d'un poignard ou d'une arme à feu. Vous m'aviez dit qu'il vous semblait faire partie d'une nichée de vulves parquées derrière des façades aux fenêtres grillagées.

— Les couloirs sentaient la chatte.

On racontait qu'une pensionnaire avait tenté dans les années soixante d'introduire nuitamment son amoureux. La cyprine dont le taux contenu dans l'atmosphère était exorbitant, l'avait désintégré avant même qu'il ait pu monter les premières marches de l'escalier en pierre de lave.

— Tu es misogyne.

Vous aviez reconnu que vous préfériez les hommes.

Il faisait jour.

Vous ouvriez la baie vitrée. Vous vouliez vérifier par vous-même que le ciel tout entier était devenu bleu.

— Il faut que je sois au bureau à huit heures.

Vous alliez à la salle de bains. Vous reveniez enrobée dans mon vieux peignoir déchiré, avec des gouttes d'eau dans le cou. Vous me piquiez une paire de chaussettes jacquard et une chemise trop large pour vos épaules dont vous releviez les manches au-dessus du coude.

— J'aurai l'impression de te porter toute la journée.

— Je suis lourd.

— Oui, surtout la tête.

Vous m'embrassiez, je vous serrais contre moi. Je vous soulevais, et j'essayais de vous faire l'amour comme dans ces films où on baise debout dans l'angle d'un corridor. Vous étiez pressée.

— Tu aurais dû y penser avant.

Et vous vous échappiez en riant.

Mon pauvre amour,

Si tu crois qu'on élève des oies dans l'au-
delà ! On peut dire que boulotter le néant cons-
titue tout notre frugal repas. Nous sommes ravi-
taillés par les corbeaux, et voilà des volatiles qui
se soucient comme d'une guigne qu'une jeune
recrue leur dérobe une plume pour corres-
pondre avec un romancier bipolaire. Quant au
papier, je n'en ai point. Je gratte l'obscurité, je
la gribouille. Le vent de la nuit l'emporte.

On dirait parfois que mon cercueil résonne
comme le coffre d'un piano. Si j'existais, j'en-
tendrais tes mots qui tapotent le couvercle
comme les marteaux les cordes d'une table d'har-
monie. Tu plaques des accords, tu improvises,
tu essaies de trouver une mélodie. À moins que
le sang ne te soit monté à la tête, et que tu ne
cherches à composer une sorte d'opéra. De ceux

dont le rideau se lève noir comme le velours de ces draps de deuil qu'on installait autrefois à la porte des maisons des défunts.

Je ne suis plus je. Je suis devenue toi, la parodie de moi dans ta voix qui me promène, me pousse comme un landau dont le bébé a gelé. Tu bricoles l'irréparable, tu luttes contre le temps. Tu fais semblant de croire que les livres contiennent des vivants.

Tu crois qu'Albertine respirait avant sa chute de cheval ? Que Rastignac a jamais senti l'odeur des huîtres attablé au Rocher de Cancale ? Don Juan celle d'une femme ? Que Don Quichotte a entendu le bruit des moulins ? Que Mme Bovary a joui dans le fiacre ? Tu crois que la foule fourmille dans les romans ?

Puisque je n'étais plus là, tu as décidé que ton cerveau allait se scinder en deux comme une paramécie, et tu as sorti la trousse de secours de la littérature. Pourquoi ne pas écrire à une morte ? Une morte est un personnage comme un autre. En plus, elle ne risque pas d'ouvrir son museau. Non seulement je me tais, mais en plus tu parles à ma place en imitant ma voix. Tu as fait de moi une poupée dont tu t'es institué le ventriloque.

— Avec des mots on fait des momies !

Tu es donc assez vaniteux pour croire que ton livre est une pyramide où je vais reposer *ad vitam aeternam,* et que pourront visiter les touristes des librairies ? Que faute de me photographier, ils m'apprendront par cœur ? Que les imprimeries m'insuffleront la vie ? Qu'à force, les phrases frottées l'une contre l'autre produiront une étincelle et réveilleront la Belle au bois dormant ? Que traduite en Croate j'en viendrai à me baigner dans la mer Adriatique et nagerai jusqu'à Venise pour barboter sous le pont des Soupirs ? Tu crois que les gens qui traînent dans les romans un jour sont nés ? Que les écrivains enfantent, accouchent, que les pages sont des matrices aplaties et que les personnages sortent des o, gluants comme les petits d'hommes des vulves des vivantes ?

Pauvre escroc, tu fais semblant d'être un joyeux petit fou, mais au fond tu sais bien que tu es raisonnable comme une pierre. Comme ces cailloux dont Athènes se servait pour pythagoriser. Mon amour de béton, tu as un microprocesseur au centre de la tête, pas les *Contes* de Perrault. Dans ton cerveau de bauxite il n'y a pas de fées, et les farfadets de l'enfance tu les as depuis longtemps noyés dans une flaque de neurasthénie. Tu as toujours tiré sur les rêves, et tu les as descendus un à un comme des otages. Tu crois pouvoir aimer un jour, mais mon pauvre chouchou, les clous n'aiment personne.

— Hérisson !

Porc-épic ! Massue hérissée de piquants ! Pistolet ! Bazooka ! Hiroshima de magasin de jouets ! Pauvre petit pétard de 14 juillet ! Tu te prends pour une explosion ! Une guerre ! Une révolution ! Mais tu passes ton temps à te sucer comme un sucre d'orge ! Tu te goûtes, tu te lapes ! Tu aimes te blesser pour savourer ton sang !

— Calme-toi, mon garçon.

Arrête de m'asperger de points d'exclamation. Les mots t'excitent comme des grains de café. Écris-moi plutôt des phrases de camomille, de tilleul, d'aubépine. N'oublie pas que les cimetières sont des jardins où on tue le temps sous des tonnelles de marbre. On se repose, on a enfin de son âme fait un petit coussin, un oreiller sur lequel on s'est endormi. Chez nous, il n'y a plus de lumière, plus de fracas. Il fait ne fait plus chaud, il ne fait plus froid. Il fait beau si tu veux, puisqu'il ne fait plus rien. On n'a plus de bouche pour parler, aucun organe n'encombre plus notre caboche. On est mort, et pourtant on ne sait pas la mort. C'est une sorte d'errance, une errance immobile.

— Une errance immobile, mais qu'est-ce que tu veux dire ?

Tu veux parler de la mort ? Tu as déjà ressuscité ? Tu es tombé dedans quand tu étais petit ? Tais-toi, le vivant ! Tais-toi ! Tu ne sais pas, et tu ne sauras pas. Tu tomberas comme les autres, et tu ne sauras jamais rien.

Il est déjà tard, je dois fermer en hâte cette lettre. Si elle ne part pas avec le courrier de ce soir, je crains que tu ne la puisses lire de long-temps. La poste chez nous est paresseuse, lente, et par-dessus le marché chimérique. Nos routes sont le plus souvent effondrées, et toujours plongées dans l'obscurité. Nos fleuves sont en crue, on ne peut guère confier notre correspon-dance aux rares embarcations qui s'y aventu-rent. Au mieux, elle arriverait trempée, et plus probablement elle n'arriverait pas. L'avion, il n'y faut même pas penser. Le syndicat des anges entend garder la haute main sur la voie des airs, et il a jusqu'alors réussi à empêcher qu'ici on ne l'invente.

Un dernier mot avant que je ne cachette, tu n'es peut-être pas si dur et si pointu que tu me l'as fait dire. Une dame de ma condition se vante avec raison de n'avoir de sa vie embrassé une pointe, et de n'avoir point partagé son lit avec un amant aussi bruyant qu'une guerre, une déflagration, et Dieu nous en préserve, qu'une révolution !

Voilà encore que je m'exclame, il est temps que je me rendorme du sommeil de ceux qui ne rêvent ni ne souffrent, comme un blanc coquillage dans ma coquille de bois. Quant à toi, trouve un baiser dans les souvenirs que tu as gardé de moi.

— Pose-le sur ta bouche comme tu pourras.

Chère Charlotte,

Se souvenir, c'est raconter votre émerveille-
ment la première fois qu'à trente-quatre ans,
au-dessus de Djerba, la tête dans le hublot, vous
avez vu la mer. Je peux en témoigner, deux cent
trois jours avant le foulard, vous avez connu le
bonheur.

Il ne devait pas être loin de neuf heures du
matin, et comme s'il était entendu que vous
deviez vous rencontrer précisément à ce moment-
là, l'eau sous le soleil voilé par la brume avait la
même couleur que l'iris de vos yeux. Ce bleu un
peu vague, presque flou, picoré de taches jaunes,
dorées, comme l'intérieur mystérieux de certaines billes. Vous avez eu la joie modeste, et
quand j'ai posé ma main sur votre épaule, vous
m'avez regardé avec un petit sourire sobre, mais
élégant malgré tout comme deux rangs de
perles.

Nous étions arrivés à Roissy avant l'aube. Nous n'avions pas dormi. La femme qui conduisait le taxi semblait avoir bu autant de gasoil que sa Mercedes. Elle se trompait de bretelle d'autoroute comme si elle avait voulu les tricoter. Elle ratissait large, et ratait les rails de sécurité au dernier moment par pure maladresse. Jamais nous ne nous étions sentis aussi proches, tant nous étions persuadés que nous allions mourir ensemble dans le même accident. Mais, par chance la direction flottait un peu, et elle a refusé d'obéir à son dernier coup de volant qui aurait dû nous balancer dans les vitres de l'aérogare.

L'avant-veille, vous étiez venue chez moi pleurer. Vous aviez fini par entrer en contact avec un SDF de bonne volonté, mais il venait de trouver un travail dans un entrepôt de machines agricoles et un peu d'espérance perçait dans sa voix. La directrice de rédaction l'avait remarqué. Elle ne vous avait pas caché que cette interview ne plaiderait pas en votre faveur le jour du jugement des lots.

Vous aviez quitté la radio en vous jurant que vous tiendriez le coup. Vous avez retrouvé une vieille ordonnance au fond de votre sac. Elle était périmée, mais vous avez réussi à apitoyer un pharmacien de la place de l'Opéra. En sortant de sa boutique, vous vous êtes débarrassée de la boîte d'anxiolytiques qu'il avait consenti à vous vendre, dans la main d'un jeune clochard en mauvais état qui avait l'air en manque. Puis, vous aviez transpiré deux heures dans la salle de fitness du gymnase de la rue de Bagnolet en espérant que l'épuisement flingue votre angoisse.

Mardi, nous nous étions croisés boulevard Voltaire, au Rouge limé, où je buvais un café en lisant *Le Monde* pour essayer les nouvelles lunettes dont je venais de prendre livraison chez l'opticien d'en face.

— On dirait des lunettes de ski.

— Elles ont été dessinées par un designer norvégien.

— Je te verrais bien faire du biathlon.

Je les ai remises dans leur étui en faisant claquer le couvercle. Vous m'avez ébouriffé les cheveux. Vous portiez le même ensemble orange que ce 21 mars 2005 où nous nous étions vus pour la première fois, lors d'une séance de signatures au Salon du livre de la porte de Versailles. Vous êtes morte le 21 mars 2007 au petit matin. Je crois aux coïncidences, en voilà une.

Je poireautais derrière ma table, et comme les autres écrivains de service ce soir-là, je me saoulais tant bien que mal au vin blanc pour tenter de voir en double mes rares clients. Vous êtes apparue, vous avez brandi *Univers, univers*, un roman dont j'étais l'auteur, mais dont vous m'avez dit plus tard qu'à force de le relire, il vous semblait parfois l'avoir écrit.

— Ne me le dédicacez pas.

Vous m'avez donné une carte postale qui représentait une cabine téléphonique londonienne rouge vif. Vos coordonnées étaient au dos d'icelle.

— J'aimerais vous parler un soir où vous aurez le temps.

Vous avez disparu aussitôt derrière un peloton de retraités qui se carapataient dans l'allée à la recherche de Patrick Modiano. Je ne me souvenais déjà plus de votre visage que je n'avais vu guère plus longtemps que la plaque de l'appareil de Nadar celui de Baudelaire. J'avais à peine gardé en mémoire l'orangé de votre veste. Nous avons échangé des mails pendant un mois, avant de nous revoir dans un restaurant de la rue Faidherbe près de laquelle vous habitiez à l'époque dans quinze mètres carrés de rez-de-chaussée, au 7 de l'impasse Franchemont.

— Tu auras cinquante ans en juin.

On aurait dit que quelqu'un vous avait chargé de m'annoncer la nouvelle. Outre la date de mon anniversaire, grâce à Google vous aviez appris à me connaître mieux que moi. Dans un recoin de la toile, vous aviez même découvert la carte du ciel de ma naissance. Mais en définitive, vous n'aviez pu en tirer aucune conclusion. Vous me citiez des phrases que j'avais dites au xxe siècle dont je ne me sentais plus solidaire, et qui me semblaient assez imbéciles pour avoir été hasardées par un autre.

Ma cinquantaine proche semblait vous impressionner.

— Tu ne seras pas vieux, mais tu ne seras plus jeune.

J'aurais pu vous répondre que je me préparais à faire la planche entre deux âges jusqu'à la soixantaine.

— Tu es homosexuel ?

J'imagine que les rares forums où l'on instruisait mon dossier, ne s'étaient pas encore prononcés sur cet aspect de ma personnalité.

— J'attire beaucoup les homosexuels.

— Je ne crois pas être homosexuel.

— Tu n'en es pas sûr.

— On n'est jamais sûr de rien.

Je m'étais peut-être laissé séduire en 1975 par un infirmier, lors de ce coma de dix-huit jours consécutif à un accident causé par un camion qui avait écrasé ma 2CV. J'en étais sorti en réclamant à tue-tête des nouvelles de la guerre du Liban qui avait pourtant éclaté pendant mon absence. J'avais pu aussi me laisser abuser par une femme au clitoris si monumental qu'il s'agissait en réalité d'un pénis. J'aurais été d'ailleurs excusable d'avoir confondu de discrètes couilles avec des lèvres rebondies perdues sous cette épaisse fourrure que les femmes portaient sans complexe entre les cuisses en ce temps-là.

— Mais j'en doute.

Au dessert, vous avez commandé un fondant au chocolat. Vous m'avez dit que vous pouviez me raccompagner chez moi les yeux fermés, car vous aviez déjà repéré les lieux. Quand nous avons été dans ma chambre, juste avant d'enlever votre soutien-gorge vous m'avez parlé de vos seins.

— J'espère que tu n'aimes pas les gros seins.

Ils ne l'étaient pas. Mes draps neufs étaient un peu râpeux. Votre bouche avait un goût de chocolat. Nous avons rapidement eu trop chaud sous la couette. Les voisins du dessus ont terminé de faire l'amour au moment où nous avons commencé. Je ne vous raconte pas notre nuit, vous ne l'avez pas oubliée. On oublie rarement les premières nuits.

À quatre heures du matin, le compteur électrique nous a réveillés. Il s'était mis à vrombir et à fumer, comme s'il avait régressé jusqu'à devenir une machine à vapeur. Quand l'agent de l'EDF est arrivé, il a appelé les pompiers. Nous nous étions réfugiés sur la terrasse après avoir laissé la porte d'entrée grande ouverte, incapables de retrouver le moindre téléphone dans l'obscurité où l'on commençait à s'asphyxier.

Après le départ des pompiers, nous avons pris un petit déjeuner avec du jus de pamplemousse et un reste de café froid. Le salon aux murs noircis ressemblait un peu à un étang.

— On va faire du bateau.

— Il n'y a pas assez de fond.

Heureusement, les pieds du lit étaient hauts, et nous avons pu faire l'amour au-dessus des flots.

Mon pauvre amour,

Ce n'est pas le tout d'être morte, il faut encore être supposée t'entendre raconter une histoire de compteur électrique et de lit sur pilotis ! Tu prends la réalité pour un taudis ? Un bout de cave trop minuscule pour contenir ton cerveau de mammouth ? Tu aimes le toc de l'imaginaire, la plus belle des nuits te semble trop mate. Tu te crois obligé de l'encaustiquer avec tes lubies, de la frotter à grands coups de phrases pour essayer de la faire briller. Tu n'aurais pas pu raconter qu'après l'amour nous nous étions tout simplement endormis ?

— C'est si humiliant pour toi d'avoir vécu ?

Dis-moi, prononce-moi comme un mot d'amour. Si tu es persuadé que j'existe quand même, je ne peux qu'être un mot. Ou deux, une ribambelle de mots sortant de la douche, vêtus de linge fraîchement repassé, en jupe plissée, en salopette rose, avec un nœud papillon rigolo, de petites lunettes d'enfant couleur pomme granny smith. Des mots merveilleux, histoire que tu n'oublies pas que j'étais une merveille. Et puis, essaie de ne pas trop faire le fanfaron ! J'en ai plus qu'assez de tes métaphores. Il en tombe, il en tombe. On dirait que tu te grattes dans tous tes livres, et que ce sont des poux.

Je peux bien m'époumoner en utilisant tant bien que mal la poitrine d'un vieillard qui s'agenouille devant la tombe mitoyenne, tu craches tes postillons sur ma légitime colère ! Comparer une métaphore à un pou, et pourquoi pas un pou à un bombardement au phosphore ? Je constate avec regret que tu ne progresseras jamais. Tu écriras toujours avec des béquilles, et les soirs où tu t'oublies tout à fait, avec un déambulateur. Tu traînes la métaphore, comme on traîne la patte. Tu fais des petits dessins, des collages. Essaie pour une fois d'écrire un vrai livre. Qu'on puisse avec ta prose faire des dictées dans les écoles.

— Tu es bien trop vaniteux, trop filou pour filer doux !
Pour écrire des phrases honnêtes, modestes, et sans autre ambition que de distraire et de cultiver le lecteur. Le nourrir, lui donner du plaisir,

comme une ardente et consciencieuse fille de joie. Diantre ! Tu te prétends écrivain.

— N'oublie pas alors de faire la putain !

Bibliothèques et librairies sont de joyeux bordels. Flatte la clientèle, lèche, suce, ta bouche n'est tout de même pas le Saint-Sacrement ! Dis-lui qu'elle est jolie, qu'elle aime, et que le monde est beau. En place d'un miroir, tends-lui une aquarelle. Un pastel. Et je t'en prie, je ne veux plus de ces eaux-fortes propres à faire passer l'humanité pour un camp retranché assiégé par la barbarie. Dis-lui qu'elle est efficace, qu'elle jouit, que le bonheur la guette. N'oublie pas non plus de lui dire que je ne suis pas morte. Et quand bien même, que les tombes sont optimistes, et que tout autant que les cendres, les os bambochent.

— Dans les gares, les présentoirs font le trottoir.

Jaquettes et couvertures s'exhibent dans les vitrines, comme leurs consœurs les putes d'Amsterdam. Sur les plateaux des médias chacun montre un morceau de son âme, comme un tapin un bout de sa poitrine pour que le client paye et monte jusqu'à la chambre voir le reste à son aise. Sache que la littérature doit avoir en toute circonstance l'élégance de plaire. Plais, mens, il faut bien mentir pour plaire.

— Mens, mon amour !

Mens, je t'en conjure. Mens comme d'autres se griment, masquent leur regard noir avec des lentilles bleues comme des piscines, changent de sexe, colonisent les cerveaux avec des slogans sympathiques comme des potes. Tu sais bien que la vérité est une faute de goût, on doit cacher sa chair tout autant que celle de son trou du cul !

— En plus, tu es grossier !

Bravo ! Grâce à toi, je passe pour une poissarde, une malotrue ! Que va en penser ma mère ? Et nos voisins si prudes qu'ils étendent leurs sous-vêtements au fond de leur cave, afin que leurs concitoyens ignorent qu'ils se laissent aller à porter de pareils cache-misère ? D'ailleurs, ce livre est un cache-misère. Les morts vivent dans le dénuement, et les mots que tu mets dans ma bouche sont un bavardage dont tu emmaillotes le néant, cet animal à sang-froid, qui n'est pas même un animal, et qui n'a pas de sang. D'ailleurs, qui t'a dit qu'il était froid ? Tu le connais ? Tu déjeunes avec lui ? Il partage ton lit ? Tu me fais gazouiller, tu me fais hurler. Tu as peur du silence, tu as peur.

— Et puis, ne mens pas.

Tu mens trop. Oublie la violence et l'imaginaire. Et tâche à l'avenir d'avoir le mensonge en horreur. Tu as des qualités, ne les gâche pas en chaptalisant la réalité pour en faire un tord-boyaux.

C'est bien dommage que je sois morte. Autrement, ton roman je le piétinerais. Je te le ferais recommencer encore et encore. Je te ferais trimer, et tu finirais enfin par t'appliquer ! Tu écrirais un livre tendre et lisse comme le visage que j'ai emporté dans la tombe. Tu ne parles jamais de mes yeux étonnés, de mon grand front où tu posais parfois tes deux mains comme si tu avais voulu connaître mes pensées. On ne sait même pas la couleur que j'avais. Si j'étais noire, jaune, rouge, ou bistre comme un petit pain. Tu ne dis rien de mon odeur de printemps, de ma voix douce, de mes doigts caressants dont tu comparais les extrémités aux coussinets qu'ont les félins au bout de leurs pattes. J'étais incarnée, j'étais vivante. Mon cœur battait, tu le sais bien. Il t'arrivait si souvent de coller ton oreille sur mon sein pour l'écouter battre.

Allez, je me referme comme un grimoire. Essaie de te borner à recopier la vie. La simplicité est jolie.

Chère Charlotte,

Quand l'avion a amorcé sa descente, vous vous êtes endormie. Le bonheur vous avait peut-être assommée, les malheurs le font bien. La secousse de l'atterrissage ne vous a même pas fait sursauter, et vous vous êtes réveillée quand les premiers portables ont commencé à sonner. Les stewards avaient ouvert les portes. En descendant la passerelle, vous m'avez dit que vous veniez de prendre l'avion pour la première fois de votre vie.

— Je n'ai pas eu peur.

Nous avons parcouru à pied cent mètres de piste jusqu'à l'aérogare. Nous nous sommes rangés derrière un des agglomérats de passagers qui stationnaient déjà devant les cahutes de la douane. J'ai allumé une cigarette. Je donnais des coups de pied dans l'air en protestant à voix basse contre ces interminables formalités qui ralentissaient la circulation des touristes.

Vous avez posé votre main sur mon épaule. Mais pour la première fois, il m'a semblé que vous étiez absente. Vous pensiez au skipper. On aurait dit qu'il nous avait suivis, et qu'il tirait des bords autour de nous. Sa présence ne me dérangeait pas, j'ai toujours su que les histoires d'amour étaient complexes comme ces délicats mécanismes à double échappement des montres Patek Philippe auxquels je n'ai jamais rien compris.

— Éteignez votre cigarette.

Le policier a paru satisfait que j'obtempère sans moufter.

— Après la douane, les valises.

Nous avons attendu les bagages pendant une demi-heure devant le tapis roulant dont le mouvement imperturbable nous donnait une idée de l'éternité. Le skipper s'était éloigné, il avait rejoint la haute mer. À moins qu'il n'ait pris le désert pour une vague, et qu'il n'ait mis le cap sur Tataouine. Je poussais des petits cris d'exaspération en donnant des coups de poing dans le chariot.

— Embrasse-moi.

Je vous ai jeté un baiser sur la bouche. Puis, afin que les gens qui poireautaient avec nous reçoivent un signal visuel et sonore de ma rage, j'ai envoyé bouler le chariot. Il a failli culbuter une femme qui courait après sa gamine.

Nos bagages ont fini par apparaître sur le tapis en queue de peloton. Je vous ai fait remarquer que nous avions encore de la chance qu'ils ne les aient pas largués en vol avec les restes des petits déjeuners.

— En plus, il y a du vent.

Trois GO portant des tee-shirts aux armes du Club Med, faisaient le guet devant l'aéroport avec une pancarte pour canaliser les clients vers le car. Pendant le trajet on nous a offert de l'eau, et on nous a vanté les merveilles dont l'hôtel où nous allions séjourner regorgeait presque autant que Lourdes de miracles. Je regardais à travers la vitre les charpentes en béton de maisons en construction depuis les années quatre-vingt-dix. Elles auraient le temps de s'effondrer de vieillesse avant d'avoir été habitées par une famille nombreuse, un couple esseulé, ou un célibataire devenu fou à force d'acheter chaque mois un nouvel écran de télé dans l'espoir de se voir enfin aux actualités.

— Ils pourraient aussi nous tatouer comme des bagnards.

Car après que tous les GO de Djerba la Douce nous eurent accueillis autour de la piscine en nous applaudissant comme des gagnants du loto avec un sourire si éclatant, qu'il menaçait de nous exploser au visage comme une trombe de sperme, nous avons été orientés vers la réception, où ayant pris une empreinte de ma carte de crédit, on nous a fixé au poignet un bracelet en plastique orange que nous devions garder de jour comme de nuit sous peine d'être exilés du village à coups de matraque par les gardes vêtus de noir qui faisaient le guet sur la plage et dans les jardins pour empêcher les autochtones d'y pénétrer, humer l'odeur des buffets, et s'enivrer du parfum des cocktails.

— Ils ont peur surtout qu'ils leur volent du sable.

— Il y a des palmiers.

— On dirait des plumeaux.

La chambre avait deux lits, plutôt deux matelas posés sur des sommiers en ciment blanchis à la chaux. Pas question de les rapprocher pour mélanger plus aisément nos âmes. Une façon peut-être d'inviter les couples à s'endormir le soir dans la chasteté après toute une journée de sport et de beuverie, du sommeil écrasant des stakhanovistes épuisés par quinze heures de travail dans les mines de sel.

— Pas de baignoire, une douche comme dans un cachot.

— De la terrasse, on voit la mer.

— Elle est loin.

Vous avez installé vos robes sur les cintres de la penderie, et vos affaires de toilette sur la tablette du lavabo. Vous étiez silencieuse, tandis que je critiquais le climatiseur qui hoquetait un peu, et le plafond qui me semblait bas. Je n'étais pas content non plus de mon corps courbaturé par notre nuit blanche, ni de mon humeur massacrante que j'aurais volontiers échangée contre un moment d'oubli.

Je vous ai regardée vous déshabiller. Je voyais vos fesses dans le miroir plaqué au-dessus du bureau, et vos seins en face de moi qui se dandinaient. Jugeant que désormais le fond de l'air était assez frais, le thermostat a cloué le bec au climatiseur. On n'entendait plus que le chuchotement d'un couple qui filait dans le couloir comme un vent coulis. Nous avons fait l'amour.

Vous m'avez reproché de vous avoir griffée.
— Avec tes ongles de diable.
— On va se baigner.
— On a le temps.
— Pas du tout.

Je vous ai tant harcelée, que vous vous êtes levée encore étourdie après cette sieste crapuleuse. Direction, la salle de bains. Vite, mettre votre maillot pendant que je sautais dans le mien. Puis, dévaler l'escalier, et courir sur le gazon pelé jusqu'à la plage.

J'ai nagé. Une sorte de crawl hyperactif et désordonné guère plus performant que la brasse. Quand je suis sorti de l'eau, vous étiez déjà allongée toute trempée sur une des chaises longues rase-mottes en plastique blanc alignées sur le sable à perte de vue. Nous avions oublié de prendre des serviettes à la cabane de la piscine, où une femme emprisonnée entre ses quatre planches les distribuait d'une main lasse à travers une lucarne.

— On séchera au soleil.

— On va être pleins de sel.

J'avais emporté quelques pages de manuscrit dans une chemise. Je barrais méchamment des phrases comme si je voulais leur casser la gueule. Je vous ai lu un paragraphe qui m'a tant bouleversé, que j'ai été vexé de vous entendre en rire.

— Je n'ai pas ri.

— Alors, je me demande bien qui a ri.

— La fille là-bas, celle qui vend des colliers.

En réalité, la chemise était restée là-haut dans mon cartable, et nous nous étions à peine trempés dans la mer. Nous nous étions séchés avec une serviette que quelqu'un avait oubliée. Vous m'avez même demandé si de nos jours on guérissait la gale.

Vous vouliez aller vous coucher.

— Si tu t'endors maintenant, tu vas te réveiller en plein milieu de la nuit.

Nous sommes allés au bar boire des cafés. De toute façon, une molaire douloureuse vous aurait empêchée de dormir. La veille de notre départ, votre dentiste furieux d'apprendre qu'il allait être victime d'un contrôle fiscal, vous l'avait dévitalisée en trépignant avec une férocité médiévale. Vous êtes montée à la chambre prendre un cachet. Vous êtes revenue en robe à fleurs, avec un flacon de crème solaire dont vous vous êtes tartinée à l'ombre des arbres.

Vous m'avez parlé de votre psychanalyste.

— Il me coûte beaucoup plus cher que mon dentiste.

En échange de deux rendez-vous par semaine, il amputait salement votre salaire. Il vous recevait au petit matin, dans un immeuble en briques de la rue Daguerre. Il était si tôt, que vous vous attendiez toujours à le trouver en pyjama avec un croissant au coin de la bouche et de la mousse à raser plein les joues.

— L'hiver, il fait encore nuit.

Allongée sur le canapé, vous fixiez la lampe de son bureau qui éclairait la pièce. Tout au long de la séance, vous laissiez remonter votre enfance par petits paquets de mots dont il essayait parfois de dénouer le ruban sans l'enthousiasme des bambins excités qui déballent leurs cadeaux entassés au pied du sapin. Vous étiez à la recherche de merveilleux souvenirs, de trésors, d'une légende dont vous auriez été la petite princesse éblouie par son royal papa. Mais vous finissiez inéluctablement sur le quai de la gare de Vierzon, courant derrière votre père marchant à grands pas d'ivrogne comme s'il avait voulu vous perdre au milieu des charrettes à sandwichs, et de tous ces gens fatigués par leur dimanche d'agapes chez de proches parents ou de vagues neveux, pressés de rentrer en région parisienne laver les bols du petit déjeuner qu'ils avaient préféré laisser à l'aube sur la table de la salle à manger plutôt que de risquer rater leur train.

Ce père n'était qu'un père biologique. C'est le nom qu'on donne aux fioles qui ont contenu le sperme dont des femmes ont fait des enfants qu'ils n'ont pas eu la patience d'aimer. Vous n'aviez pas encore connu le beau-père qui deviendrait en quelque sorte le père de votre vie. Vous aviez neuf ans quand votre mère s'est remariée. Longtemps, vous avez porté en fraude le nom de son nouvel époux, comme Balzac la particule. Quelques mois avant votre mort, le ministère de l'Intérieur a fini par vous accorder le droit de le porter. Vous m'aviez montré la lettre avec la fierté d'une femme d'autrefois qui après des années de lutte a réussi à se faire épouser par cet amant dont elle partageait depuis si longtemps l'existence en s'appelant toujours mademoiselle, comme une jeune fille ou une putain.

— Maintenant, je n'ai plus mal.

On peut toujours bricoler une dent, mais le désespoir n'est pas une pulpite. Même si votre psychanalyste avait été chirurgien, il n'aurait pu vous l'arracher du cerveau avec un tire-nerf ou un davier. Ni trier vos neurones comme on trie avant une insémination les spermatozoïdes d'une semence douteuse, pour ne garder que les plus vigoureux et jeter les boiteux, les infirmes, ceux qui auraient de toute façon terminé dans la voiture-balai avant d'atteindre l'ovule, ou se seraient rendus complices de la naissance d'un individu piteux, pas compétitif, pas épanoui, pas tonique, s'ils étaient parvenus malgré leur handicap à doubler tous leurs concurrents avant la ligne d'arrivée.

En revanche, un bon chimiste aurait peut-être réussi à éclaircir les régions trop sombres de votre psychisme. On blanchirait un drapeau noir en l'immergeant dans de l'eau de Javel. On pourrait même ensuite le tremper dans un seau de grenadine pour lui donner bonne mine, et le brandir les jours où on se sent joyeux, insouciant, ou complètement idiot.

Je vous ai donc conseillé d'aller plutôt voir un psychiatre. Avec une poignée de lithium, d'antidépresseurs, et de neuroleptiques, il saurait mettre au pas vos neurotransmetteurs, jusqu'à tant illuminer votre néocortex, qu'à la fin du traitement votre front vous servirait de lampe pour terminer dans l'obscurité la lecture du *Temps retrouvé* sans réveiller votre voisin de lit.

— Je n'aime pas les psychiatres.

Vous vous êtes levée. Je vous ai regardée vous enfuir vers les tennis, et disparaître de l'autre côté des grillages.

J'ai commandé un autre café au serveur bouche bée, qui se demandait si trop subrepticement pour qu'il ait pu le voir, je ne vous avais pas craché au visage ou giflée du revers de la main.

Vous n'aviez plus d'épiderme, vos derniers lambeaux de peau s'étaient détachés depuis longtemps. La vie ne vous avait pas tannée, elle vous avait brûlée comme un coup de soleil. Il y a des peaux trop claires que la moindre réverbération grille comme les rayons du cobalt. Vous apparteniez à cette portion d'humanité que la vie ne bronzera jamais.

Je n'avais pas essayé de vous rattraper. J'ai manqué de courage, d'amour. Je fais partie de tous ces gens qui ne vous ont pas assez aimée. Il faut beaucoup d'audace pour aimer, et vous n'avez eu de moi que l'affection frileuse d'un pleutre. Je craignais sans doute de tomber dans un précipice, une crevasse. Vous comportiez un abîme, vous étiez construite tout autour comme les parois d'un puits. Vous vous accrochiez de vos deux mains au rebord, mais parfois vous lâchiez prise, et vous disparaissiez. Ensuite, vous trouviez la force de vous propulser encore, et vous réapparaissiez tout entière, d'autant plus resplendissante que vous veniez de traverser l'obscurité. Dans l'obscurité, vous n'étiez pas morte, mais vous n'étiez pas non plus tellement en vie. Quand la lumière vous éclairait à nouveau, vous aviez dans les yeux une petite lueur supplémentaire. Vous saviez que pour certains, dans une existence, les instants de vraie vie sont rares.

J'avais refusé de vous laisser monter dans ma chaloupe. Elle était déjà trop lourde. J'avais embarqué sur trop de paquebots, de cargos, de rafiots qui avaient succombé à des tempêtes, ou étaient tombés au fond de la mer par beau temps, sans prévenir, comme s'ils étaient devenus soudain des coques de pierre chargées de rochers jusqu'au bastingage. On raconte que pour empêcher les canots du *Titanic* de prendre l'eau et de disparaître dans les profondeurs de l'Atlantique Nord, les marins tranchaient d'un coup de couteau les doigts de ceux qui surnageaient encore et s'accrochaient pour grimper à bord.

Je n'étais pas disponible pour une histoire d'amour. J'étais déjà assez seul, et il me semblait que les solitudes ne se dissolvaient pas quand elles s'unissaient, mais se multipliaient entre elles au fil des jours, et même à l'infini quand arrivait le moment de la rupture. J'avais perdu mes illusions par saignées successives. J'étais devenu cynique, parce que j'étais exsangue.

Je ne vous ai revue qu'en fin d'après-midi. Je suis entré dans la chambre. Vous étiez étendue sur le dos, les yeux ouverts. Vous ressembliez à un gisant. Un gisant dérobé par un farfelu dans une cathédrale pour le morne plaisir de passer ses nuits auprès d'un simulacre d'infante ou de princesse. Je me suis allongé sur l'autre lit.

Je vous ai raconté que dans quarante ans vous viendriez me porter des oranges à l'hospice. Vous seriez quant à vous une pimpante septuagénaire assoiffée de jeunesse, écrasant chaque matin ses rides comme des comédons, et se maquillant avec un logiciel dernier cri dont vous vous frotteriez le visage avec un coton. J'envierais votre indépendance, votre corps qui me semblerait agile comparé au mien que vous rouleriez en marmonnant *teuf-teuf* dans le couloir, afin de me donner l'illusion que Ferrari avait greffé dans la nuit un six-cylindres à ma chaise roulante.

Je jalouserais votre sexualité dont je devinerais la pétulance quand vous évoqueriez une nouvelle marque de préservatifs effervescents, ou que vous remonteriez votre jupe pour me montrer un porte-jarretelles fluo gagné la veille à la Fête des Loges après avoir fait éclater trois baudruches dans un stand de tir. J'aurais les deux pieds dans la décrépitude, le cul dans la tombe, et un sexe ratatiné dans son fourreau bruni entortillé autour du gland comme une cornette fripée dont la plus souillon des truies ne voudrait pas pour torcher ses porcinets.

— Et un jour, tu suivras mon convoi funèbre à vélo.

— Non, à la nage, on t'enterrera dans un égout.

— Bref, des obsèques à chier.

Il arrive qu'on rie à deux comme on baise. Si la chambre avait ri avec nous, elle aurait éclaté à en perdre ses parpaings, et mieux que l'hydrogène liquide, l'hilarité nous aurait emportés dans l'espace où changeant de galaxie comme de chemise nous aurions donné aux extraterrestres sidérés sur leur planète une image désastreuse de la race humaine.

Le calme est revenu, le silence. Vous m'avez dit que pour moi vous ne seriez jamais vieille.

— Quand je serai vieille, tu seras mort.

Nous sommes allés dîner. Nous avons longé la mer pour parvenir au restaurant. Nous croisions des couples qui baissaient les yeux à notre approche, et des GO affables qui semblaient marcher derrière leur sourire qu'ils projetaient devant eux comme s'ils avaient voulu nous faire cadeau de leurs mâchoires. Je trouvais dommage qu'ils ne possèdent pas une paire de fesses horizontale comme les lèvres d'une bouche. On aurait pu croire ainsi qu'ils dissimulaient sous leur bermuda un sourire additionnel lorsque d'aventure ils nous tournaient le dos.

Durant le repas, j'ai critiqué les tomates. Certaines étaient molles, d'autres trop vertes car on ne leur avait pas accordé le temps de se laisser mûrir. Je comparais le bruit des vagues qui nous parvenait en sourdine, à de la musique d'ascenseur. Il aurait suffi d'appuyer sur le museau du saumon froid en exhibition sur la table des hors-d'œuvre, une pauvre bête qui se laissait arracher avec flegme de grands morceaux de chair par les fourchettes des dîneurs, pour envoyer le restaurant au troisième sous-sol. Il ne nous resterait plus alors qu'à prendre le premier métro, et changeant à Strasbourg-Saint-Denis, descendre à la station Charonne pour boire un thé sur la terrasse face aux toits gris et aux quelques appartements encore éclairés dans les tours. Nous passerions la nuit dans mon grand lit, loin des couches de séminaristes de notre cellule.

— Je déteste les vacances.

— Je vais chercher des gâteaux.

— Ils sont sûrement trop sucrés.

J'ai continué à vitupérer, en secouant la tête pour dire non à cette réalité où j'étais immergé malgré moi depuis ma naissance. Une jeune fille pas rassurée me fixait, n'osant plus mordre sa brochette d'agneau qu'elle tenait par le bâtonnet comme un esquimau. Vous êtes revenue avec des cornes de gazelle. Je vous ai montré du doigt un couple mastoc qui se débattait non loin au milieu d'assiettes remplies de boustifaille chamarrée.

— Ils s'empiffrent comme des gougnafiers.

— Ils ont faim.

— On dirait des poubelles.

Le type, surtout. Il ouvrait grand la bouche pour laisser passer les morceaux comme une boîte à ordures son clapet quand on appuie sur la pédale du bout de la godasse. Je reconnais cependant qu'il s'agissait d'un *Homo sapiens*, mais en le contemplant on se sentait peu flatté d'appartenir à la même espèce que lui.

— Ils sont bons, ces gâteaux.

— Ce sont des gâteaux.

— Ils ont un bon goût de fleur d'oranger.

Nous sommes rentrés. Vous vous êtes arrêtée en chemin pour mieux gonfler vos poumons de la brise du soir. Je vous ai pris la main. Elle était molle, je vous l'ai rendue aussitôt. En réalité, vous n'aviez peut-être fait une halte que pour voir si le skipper croisait au large, ses voiles presque phosphorescentes sous la lune. Moi aussi, il me semblait qu'il rôdait et que montait en vous un certain désir qu'il vous emporte.

Dans la nuit, je suis venu vous agacer dans votre lit. Vous m'avez dit que vous aviez sommeil, et vous vous êtes rendormie. J'ai râlé tout seul sur la terrasse, avant de gribouiller dans un carnet une phrase que je n'ai jamais relue, et qui ne m'a laissé aucun souvenir. Je suis allé m'allonger sous le climatiseur qui a repris bruyamment ses esprits à l'instant où je me suis glissé sous les draps.

La matinée était terminée. Je somnolais sur un coin de plage à l'ombre des arbres. Vous m'avez réveillé d'un baiser dans le cou. Vous vous étiez levée à huit heures en catimini. Vous étiez fatiguée d'avoir couru et nagé depuis le matin. Vos cheveux luisants, aplatis, vous donnaient l'air de sortir de la baignoire après avoir plongé votre tête dans l'eau savonneuse.

Nous sommes allés boire un punch, mais au dernier moment vous avez préféré un jus de papaye. Depuis quelques mois, vous évitiez souvent de boire, de fumer, de dévorer toutes crues des tablettes de chocolat que vous achetiez par trois chez l'épicier arabe. Vous tentiez d'amadouer votre corps, de vous en faire un allié qui saurait vous aider à estourbir les armées de cette province intérieure qui refuserait toujours la paix des braves, et profiterait de la moindre brèche pour vous envahir. Cette province douloureuse, qui en était réduite depuis son origine à exiger votre disparition, puisque c'était la seule façon pour elle de disparaître aussi et de ne plus souffrir de tant désespérer.

Il avait dû se produire une escarmouche à la frontière. Vous avez soudain perdu un peu de votre gaieté. On aurait dit qu'elle était tombée dans votre verre, et que vous la regardiez avec nostalgie. Vous avez mis vos lunettes de soleil. Vous m'avez dit que vous étiez angoissée de devoir reprendre votre travail la semaine suivante. Les lots n'allaient pas se soutenir les uns les autres, et ce serait la guérilla à l'intérieur de chacun d'eux. Vous aviez peur de la haine qu'on vous proposait de sécréter en guise d'antidote à l'angoisse du licenciement.

— Et puis, j'en ai marre de traquer le SDF.

— Tu n'as qu'à leur proposer une émission sur les scarabées.

— Il va falloir encore que je porte des culottes.

Vous n'en portiez qu'à votre travail, bien qu'aucun supérieur hiérarchique ne vous ait jamais demandé ce qui se tramait sous votre robe ou dans votre jean. Pendant les week-ends et les vacances, vous aimiez jouir de votre liberté en faisant l'impasse sur ces cages de coton qui n'attendaient qu'un cadenas pour devenir des ceintures de chasteté.

— Les bêtes sauvages ne portent pas de culotte.

Un GO est venu nous demander si nous participerions à la compétition de beach-volley de cet après-midi. Je lui ai expliqué que j'avais un problème à l'épaule droite qui m'empêchait de lever le bras.

— Moi, je viendrai.

— À quinze heures, à côté des pédalos.

J'ai pincé les lèvres, déçu que vous n'ayez pas prévu de faire l'amour avec moi après le déjeuner. J'aurais dormi ensuite le temps d'une courte sieste, puis je me serais mis à écrire avant d'aller nager, prendre ma douche, me changer, et boire un mojito en votre compagnie avec au fond du cœur la certitude d'avoir exploité convenablement la journée.

Je suis depuis longtemps un robot. J'ai une

sorte de programme installé quelque part en moi qui s'est substitué au désir, à l'instinct. Un plan de survie, une structure autour de laquelle je tourne comme un acrobate autour de la barre d'un trapèze. Je m'attache au bout d'une laisse que je tiens dans mon poing pour ne pas m'égarer. On est désorienté quand on se cherche partout comme un animal de compagnie en vadrouille, on a même vu des maîtres abandonnés qui devenaient fous.

Nous sommes allés déjeuner.

— J'espère qu'ils auront changé de tomates.

Mais elles étaient cousines de celles de la veille. Des tomates cette fois plus oblongues que rondes, mais à nouveau molles ou vertes comme l'avocat. Nous partagions notre table avec une famille de dégingandés aux os innombrables. Ces gens auraient permis à un étudiant en médecine de réviser ses cours d'anatomie en continuant à se gaver.

Les daurades *a la plancha* étaient malheureusement irréprochables, et j'ai dû le reconnaître quand vous m'avez demandé de leurs nouvelles. Vous avez dit bonjour à une jeune femme intitulée Coccinelle, que vous aviez rencontrée à l'aquagym. Nous avons pris un café avec elle autour de la piscine, où se déroulait une bruyante partie de Trivial Pursuit. Vous m'avez dit plus tard qu'elle était arrivée l'avant-veille avec un cheminot.

— Il l'a déjà trompée dans le hammam.

La chaleur nous a obligés à l'abandonner pour aller retrouver la fraîcheur de la chambre. En définitive, vous aviez du temps d'ici le début du match. Vous vous êtes allongée à côté de moi. Mais, j'entendais les cliquetis du gréement. Le skipper vous a aidée à grimper, laissant entre mes bras votre corps recroquevillé dont vous aviez visiblement un deuxième exemplaire pour vous faire cajoler par lui sur le pont.

J'ai emporté une chaise à la salle de bains, et j'ai posé l'ordinateur en équilibre sur le lavabo. J'ai écrit une histoire de couple qui se rencontrait dans une agence immobilière, et qui après avoir vécu ensemble plusieurs années se séparait à l'expiration du bail. Vous m'avez surpris alors que je me regardais dans la glace en plissant les paupières comme si j'avais du mal à me reconnaître.

— Tu aurais pu écrire dans la chambre.

— J'avais peur de te réveiller.

Vous m'avez embrassé, vos lèvres avaient la saveur salée des embruns. Je vous ai enlacée, et me tenant par le bout du sexe vous m'avez dit en riant que je bandais beaucoup trop pour mon âge. Que nous ayons fait l'amour, ou que vous ayez simplement fait en sorte que je jouisse, quand vous êtes partie au volley je reposais béat sur mon lit avec cette petite moue de satisfaction des enfants auxquels on a fini par céder après un caprice devant la voiture d'un marchand de barbe à papa.

Vous êtes revenue vers dix-sept heures. Je terminais d'écrire l'histoire d'un adolescent rêvant de devenir inspecteur de police pour passer les menottes à la jeune chipie rousse qui venait de lui signifier son congé. Il aurait aimé profiter une dernière fois de sa présence durant les quarante-huit heures de sa garde à vue.

— Tu ne perds pas une seconde.

— Je suis avare de mon temps.

Néanmoins, j'avais prévu de fermer le couvercle de mon ordinateur à votre retour. J'avais déjà préparé le sac de plage, et quand nous aurions bu un thé à la menthe, nous irions nous baigner, maintenant que le soleil avait perdu assez de son ardeur pour ne pas risquer de me donner un mal de tête qui ne se dissiperait qu'après l'ingestion d'un ou deux comprimés de paracétamol.

— Tu as un côté ennuyeux.

— N'oublie pas ton Proust.

Je ne suis même pas parvenu à vous exaspérer. Vous m'avez raconté joyeuse que votre équipe avait perdu, que le ballon vous avait paru trop lourd et le filet trop haut.

Vous m'avez traité de sale gosse, quand j'ai perdu votre maillot au fond de la mer après vous l'avoir subtilisé d'un coup de patte en jouant les scaphandriers. Vous êtes sortie de l'eau comme une fusée, si vite que personne n'a semblé remarquer cette nouvelle lingerie en peau de femme si proche de la nudité qu'un œil malintentionné aurait pu la confondre.

Vous auriez préféré que je m'en prenne à l'horrible dame potelée avec un chignon comme un cône, qui brassait en rond autour d'une bouée, langue à l'air, comme une lécheuse devant sa copie un jour de contrôle d'éducation civique.

— Elle aurait porté plainte contre toi pour viol.

Je vous ai offert un bikini à la boutique du village. Vous aviez peur qu'il ne plaise pas à votre nièce. Vous avez regardé les petites abjections que les touristes étaient censés rapporter chez eux en souvenir pour enlaidir leur cadre de vie. Vous m'avez fait cadeau d'un minuscule bestiau en terre cuite.

— Tu trouves que je ressemble à un chameau.

— C'est un dromadaire.

— Oui, il n'a qu'une couille sur le dos.

Je ne sais pas exactement où il se trouve à l'heure actuelle. Égaré sous des feuilles volantes, tombé dans un tiroir, en excursion quelque part sur les piles de livres qui jonchent mon bureau et les tables. Mais il vous a survécu.

J'ai chanté *La Javanaise* lors du karaoké de l'apéritif. Je me suis ému jusqu'aux larmes. J'ai été vexé d'être applaudi trop discrètement par un groupe de nostalgiques assez usagés pour avoir entendu Gainsbourg pianoter dans les années cinquante à La Tête de l'Art. Le reste du public scrutait un petit écran fixé à une colonne en essayant de suivre un match de foot malgré le son coupé, et l'image neigeuse qui devenait noire à chaque fois que le satellite passait derrière un nuage.

— Tu ne chantes pas trop mal.

Je vous ai remerciée de votre mansuétude d'un regard doux comme des torgnoles. Vous m'avez pincé le bras en me traitant de vieille diva.

Pendant le dîner, l'idée fugace de monter sur la table chanter l'air de la Reine de la nuit m'a traversé l'esprit. Je n'ai pas approché les tomates, qu'on avait déguisées ce soir-là avec des tranches de mozzarella. Dessous, elles devaient nous narguer de tous leurs pépins. J'ai préféré une lutte au couteau avec une pièce de bœuf aux nerfs à vif qui saignait dans la bouche au moindre coup de dents.

— Tu devrais goûter le couscous.

Je me méfiais du couscous, et davantage encore du trio de clients qui venaient de s'asseoir à côté de nous avec leurs paquets de cheveux blonds sur le haut du crâne qui les faisaient ressembler à des œufs mimosa. Quand je me suis aperçu étendu sur le buffet des desserts, le ventre comme un baba, avec mes yeux comme des cerises bleuâtres sur un clafoutis dont j'étais le sosie, j'ai compris que le mieux était d'aller faire un tour sur la plage pour me changer les idées.

Vous m'avez suivi. Nous avons fait l'amour sur le sable, sous la lune, comme si nous avions voulu remporter une carte postale dans nos bagages. Mais c'est un souvenir incertain, dont l'action s'est peut-être déroulée le lendemain, et je me demande même si à un moment vous ne vous êtes pas absentée pour faire signe au skipper de s'éloigner. Lui, qui avait pris l'habitude de garer son bateau en plein milieu de la pelouse, de marcher derrière nous en faisant claquer ses tongs à chaque pas, de nous rattraper, de me pousser d'un ramponeau, et de vous prendre par la taille avec l'arrogance d'un Russe blanc venu récupérer son moujik.

Il lui arrivait de vous enlever, de vous jeter dans un grand sac à voiles, de le prendre comme un baluchon sur son épaule, et de partir en courant dans le paysage. Il déchirait le ciel comme une étoffe mûre, disparaissant par l'ouverture de l'autre côté du décor, de Djerba, de notre aventure. Je vous récupérais trois heures plus tard ébaubie dans le couloir, et je vous avais à peine allongée sur votre lit qu'il frappait sans vergogne à la porte. Vous vous endormiez dans ses bras, et moi tout seul empêtré dans les draps.

Pour dire toute la vérité, vous ne m'aviez pas suivi. Je m'ennuyais seul sur la plage, et j'étais retourné au restaurant. Je vous avais proposé à l'oreille de rendre possible ce souvenir que je venais à l'instant d'élaborer.

— Je suis fatiguée, je préfère aller dormir.

J'aurais dû insister, vous convaincre de l'absolue nécessité de le vivre et de le coller ensuite sur un pan de mur de votre mémoire comme une publicité qui chercherait à promouvoir notre amourette.

Nous avons coupé par le jardin pour rejoindre nos pé-nates. Je me demande encore pourquoi vous avez choisi ce moment-là pour me parler soudain à voix basse, presque en chuchotant, des quatre semaines que vous aviez passées dans une clinique psychiatrique à l'âge de dix-huit ans.

Vous y étiez entrée comme simple boulimique.

— Je me relevais chaque nuit pour manger et vomir.

Vous en étiez sortie avec le grade de suicidaire.

— J'avais essayé de me pendre avec une écharpe.

J'avais trouvé votre idée burlesque. Monter sur une chaise pour attacher une écharpe autour de l'ampoule qui pendait du plafond de cette chambre vétuste, se laisser choir, et se retrouver sur le carreau après avoir provoqué un court-circuit qui avait plongé la moitié de l'asile dans l'obscurité, me faisait penser à la grande époque du cinéma muet, quand Harold Lloyd s'accrochait à l'aiguille des minutes d'une horloge sur une avenue de Los Angeles pour essayer d'arrêter le temps.

Cette plaisanterie n'avait pas amusé l'infirmière. Elle vous avait secouée, avant de vous administrer par intramusculaire dix millilitres de Valium. Vous vous étiez réveillée dix heures plus tard sanglée sur votre lit.

On vous a piquée de nouveau parce que vous vous mettiez à crier. Pendant plusieurs jours, vous avez refusé de vous alimenter. On vous a mise sous perfusion de glucose, et on a tenté à plusieurs reprises de vous faire ingurgiter de force une mixture sucrée dont vos papilles se souvenaient encore.

— Un goût de dessert d'hôpital.

On vous a rendue à vos parents avec une ordonnance. Pendant trois mois, vous avez perdu le désir de parler. Vous regardiez les mots, les phrases, sortir des bouches, mais vous ne preniez plus la peine de les entendre. Même le bruit de la rue, il vous semblait que vous ne faisiez que le voir. On vous trimballait chez des praticiens qui vous traitaient de mélancolique, de simulatrice, ou d'aspirante à la schizophrénie, et on vous rapportait à la maison. On vous posait sur un siège comme un mannequin qu'on aurait lesté pour éviter qu'il ne bascule.

Vous vous rappeliez qu'à cette époque votre vie était définitivement terminée.

— J'étais aussi morte qu'on peut l'être.

Arrivée dans la chambre, vous m'avez embrassé dans le cou par surprise alors que j'avais le dos tourné. Vous vous êtes couchée, vous vous êtes endormie. Mon insomnie quotidienne a démarré au quart de tour.

Au bout de quelques heures le jour s'est levé, le ciel est devenu blanc. Je venais d'écrire une fiction qui s'était disloquée en cours de route. Un accident imprévisible, des mots alignés sur l'écran comme un chapelet de cadavres dont les articles et les conjonctions formaient le fil. Il y avait certes quelques blessés légers, un petit nombre de survivants indemnes, mais je les ai jetés dans la corbeille comme les autres.

Un rayon de soleil est entré dans la chambre. Il aurait pu vous réveiller. J'ai tiré le rideau. Arrivés par un vol de nuit, des clients s'installaient à l'étage supérieur. Ils claquaient sans cesse la porte de la salle de bains, la fenêtre, leurs valises, comme si la charnière venait d'être inventée et qu'ils en découvraient pour la première fois les vertus et les joies.

Mon pauvre amour,

Tu as toujours besoin de moi ? Tu veux que je te renvoie ma voix, comme on renvoie la balle ? Mais, mon amour, ici on ne fait guère de sport. Je n'ai ni jupette, ni raquette. Et puis, tu n'as pas l'air de te rendre compte à quel point je suis morte. Je suis morte, très morte, vraiment morte, infiniment morte.

Les vivants aiment la mort, comme les enfants aiment le loup. Ils disent qu'elle rôde, qu'elle les frôle, pour un peu ils la caresseraient à travers les barreaux comme des plongeurs protégés dans leur cage tapotent de leur main gantée le museau des requins. Moi, j'ai vu le loup. Il m'a mangée. Prends garde, il te mangera aussi.

Tu me fais trop parler. Tu me tracasses. Demande à une passante de te dire que je t'aime. Tu auras beau m'inventer, je n'aurai plus jamais de lèvres pour t'embrasser. On dirait qu'à ma mort tu as reçu un cercueil rempli d'alphabet et de ponctuation. À charge pour toi d'en constituer des phrases, de peu à peu en faire un livre. Comme si je t'avais laissé des devoirs de vacances, ou un roman en kit avec un mode d'emploi collé sur le couvercle pour que tu le montes un dimanche de pluie comme une cuisine de chez Ikea.

Au lieu de bricoler comme un retraité dans la cave de son pavillon, essaie de vivre ce qui te reste de temps. N'oublie pas mon chéri que tu es né depuis longtemps, ne brûle pas toutes ces nuits d'été à écrire l'histoire de cette maison aux fondations fêlées, qui n'a pas résisté à une secousse sismique violente comme un coup d'aile de papillon.

— Oh, et puis je ne suis pas ton perroquet !

J'en ai assez de répéter toutes les âneries que tu me jettes à pleines poignées dans le bec. Si tu veux me comparer à un bâtiment, tu n'as qu'à le faire toi-même. Si tu crois qu'à la place du parfait amour je vais filer avec toi la métaphore ! Me comparer à une masure qui s'effondre au milieu d'une ville ! Pourquoi pas à une ruine ? Tu te prends pour un archéologue ? Tu ramasses les gravats de ma vie comme des tessons d'amphore. Tu voudrais aussi que je t'envoie mon squelette par la malle-poste ? Comme ça, tu pourrais me reconstituer à la petite semaine, et m'habiller avec le vieux froc troué et le pull jaune que j'ai oubliés dans le placard de ta chambre.

— Espèce d'écrivain !

Toi et les tiens vous êtes des charognards. Vous vous nourrissez de cadavres et de souvenirs. Vous êtes des dieux ratés, les bibliothèques sont des charniers. Aucun personnage n'a jamais ressuscité. Dostoïevski, Joyce, Kafka, et toute cette clique qui t'a dévergondé, sont des malappris, des jean-foutre, des fripons, des coquins, des paltoquets ! Ils ont expulsé leur époque par les voies naturelles pour en barbouiller toutes ces feuilles de papier aux traînées noires et tristes comme des canaux où les mots flottent ventre à l'air comme des poissons d'eau douce bouillis par la canicule.

— Espèce de spirite !

Ne joue pas les innocents. Tu rêves de faire apparaître mon ectoplasme, afin de me mettre en bière une deuxième fois dans un de tes bouquins scintillants de suffisance et d'absurdité !

Je t'enguirlande, mais que veux-tu, parfois la mort m'irrite. En attendant, dépêche-toi d'aller te coucher. Tu mènes une vie de patachon devant cet ordinateur dont tu tripotes compulsivement les touches comme une onaniste enchantée sa ribambelle de clitoris.

— Tu me fais encore tenir de bien étranges propos !

Cette histoire de clitoris est pitoyable. Tu ne dors pas assez, tu es pareil à ces gamins énervés qu'on est obligé de passer sous l'eau froide pour rabattre leur caquet. Ne me pousse pas à bout. Autrement, je ne t'écrirai plus. D'ailleurs, il n'est pas décent pour une défunte d'entretenir une correspondance avec un vivant. Si d'aventure j'étais convaincue d'une pareille inconvenance, on ne me recevrait plus dans aucun tombeau de la bonne société. À cause de toi, je devrais rester claquemurée dans le mien comme une pestiférée.

— Et pour tout dire, comme une morte.

Chère Charlotte,

Les nouveaux arrivants ont dû quitter leur chambre pour aller honorer toutes les charnières de l'Afrique du Nord. Mon insomnie a sans doute décidé de les rejoindre, mais elle les aura lâchés en chemin pour tourmenter un paresseux qui s'apprêtait à commencer sa journée par une sieste à l'ombre d'un palmier.

Dans mon sommeil, j'ai entendu des pas. Je sentais votre présence et l'odeur de patchouli dont vous aimiez parfumer vos cheveux les matins où vous étiez de bonne humeur. Je vous entendais parler, mais je préférais continuer à dormir. La douleur de l'érection matinale était devenue vive. J'imaginais mon sexe à l'état de cactus aux piquants tournés vers l'intérieur. Vous auriez raison de souligner à quel point cette comparaison était outrancière.

J'ai fini par me réveiller.

— Il est midi et demi.

Le coma du réveil. Votre robe comme une tache rouge. Je me suis assis dans le lit. Vous teniez entre deux doigts une tasse de café que vous aviez prise au bar.

— J'essaie de te réveiller depuis un quart d'heure.

— Il a l'air froid.

Vous avez laissé tomber la tasse qui a éclaté sur le sol. Vous avez posé vos mains sur mes épaules. Vous m'avez poussé doucement. Vous m'avez allongé. Vous vous êtes posée sur moi. Votre corps vivant, chaud, mais qui à cet instant me semblait rigide et lourd. Les battements précipités de votre cœur en panique. Vous étiez gorgée d'angoisse, ce n'était pas de sueur dont votre visage luisait. Vous avez mis vos mains autour de mon cou. Vous ne vouliez pas me tuer, c'était une supplique. Je vous aurais aimée davantage, je l'aurais peut-être exaucée.

On aurait rapatrié votre cadavre dans le même avion que moi, étrangleur ordinaire menotté entre deux policiers impassibles. Un passager en savates et en short d'athlétisme aurait désigné d'un coup de menton à sa femme enturbannée comme une voyante, cet écrivain devenu criminel à force d'avoir parlé de crimes. Le lendemain du drame, un expert aurait raconté à la télévision que le cerveau reptilien avait toujours fait le plus grand tort à l'homme civilisé, car

c'est à lui que continuaient à obéir les luna-
tiques et les assassins.

Tête basse, nous avons quitté la chambre
sans dire un mot. Nous avions beau ne pas l'avoir
commis, nous nous sentions complices d'avoir
eu ensemble l'idée du même crime. Après avoir
fait deux ou trois fois le tour de la piscine
comme des âmes en peine qui l'auraient prise
pour un bénitier, nous nous sommes assis sur
des transats.

— Je vais enfin pouvoir boire un café chaud.

— J'avais vraiment envie de mourir.

— Attends au moins qu'on soit rentrés.

— Salaud.

— Prends un punch.

— Non, une tequila.

Vous en avez bu plusieurs, et moi une ribambelle de cafés arrosés de cognac. J'ai essayé de
vous chatouiller, pour vous obliger à rire et à
retrouver de force la joie de vivre. Puisque vous
ne vous laissiez pas faire, je vous ai poursuivie
jusque sur la plage. Nous n'avions pas nos
maillots. Vous vous êtes déshabillée et vous avez
sauté dans la mer. Je vous ai imitée sous l'œil
d'une espèce de vieux bébé glabre et roussâtre
d'une soixantaine d'années, qui me fixait avec
réprobation. Visiblement, mon pénis ne lui plaisait pas.

— Si vous voulez, je peux aller en chercher
un autre dans ma chambre.

— Je vais appeler les GO.

Un garde vêtu de noir nous a aperçus. Il a couru vers nous en soufflant dans son sifflet comme un maton. Nous nous sommes éloignés. Vous nagiez trop vite. Vous commenciez à être fatiguée. Vous vous êtes accrochée à mon épaule. Puis, vous vous êtes mise à rire. Comme si les chatouilles vous avaient rattrapée. Vous avez commencé à prendre l'eau, à suffoquer. De fou rire, vous avez lâché prise. Vous étiez en train de vous noyer.

Le skipper n'est pas venu à votre secours, c'est moi qui vous ai sauvée. Du temps où mes enfants étaient petits, je leur disais souvent que j'aurais aimé sauver quelqu'un de la noyade pour avoir une médaille. Je réalisais mon rêve des années plus tard, mais le chef de village ne m'a pas décoré quand nous nous sommes retrouvés dans son bureau au crépuscule, suite à une convocation que nous avions trouvée sur votre oreiller en rentrant.

Je vous ai ramenée sur la plage. Vous avez émergé sans que le médecin en vacances qui s'était précipité pour vous prodiguer les premiers soins, n'ait eu à vous faire subir une séance de bouche-à-bouche, écrasant ses lèvres blanches de baume anti-UV sur les vôtres qui ne méritaient pas cet outrage. Dès que vous avez été capable de vous tenir debout, je vous ai prise par la main et nous avons décampé comme des racailles. Je n'ai jamais compris comment cette mise en demeure de nous rendre au comité central à la tombée de la nuit avait pu arriver avant nous, ni pourquoi on l'avait déposée sur votre lit.

Comme des collégiens pris en faute chez le surveillant général, nous nous sommes rendus penauds chez le chef de village. Il portait une coiffure de chef indien, et un sourire réglementaire qu'il chaussait comme un dentier à son réveil, sans avoir le droit de s'en départir de toute la journée. Il s'est excusé pour les plumes qui pendaient de chaque côté de son crâne comme des canards crevés.

— Ce soir, je joue Geronimo.

Au cabaret des Dauphins, dans une pièce intitulée *Tipi, tipi* écrite par un GO érudit mort de la rage en 1994.

— Il avait refusé le sérum antirabique, nous avons respecté son choix.

Avec sa banane de dents pointues qui articulaient les mots comme s'il avait voulu les déchiqueter, on pouvait se demander si ce n'était pas lui qui l'avait mordu. Il nous a demandé si nous avions trouvé le bonheur à Djerba la Douce. Vous lui avez dit que oui. En ce qui me concerne, la situation était plus complexe. Plusieurs semaines de réflexion auraient été nécessaires avant que je puisse déterminer combien pouvait peser ma joie, combien ma tristesse, sans parler du poids du plomb de l'angoisse et

d'autres métaux lourds. Ma réponse a été éva-
sive.

— J'en suis persuadé.

Un GO déguisé en cheval a déboulé dans le
bureau.

— On t'attend pour répéter *Tipi*.

Le chef de village a opiné, avant de nous
signaler en quelques coups de dents que, dans
l'intérêt des familles, le nudisme était décon-
seillé à l'intérieur du camp.

— En plus, vous êtes récidivistes.

Il nous a montré un cliché pris la veille par un
client zélé. On vous voyait sortant de l'eau, et il
était difficile de prendre votre nudité pour un
nouveau modèle de maillot en peau de jeune
femme.

— Si vous recommencez, vous serez renvoyés
à vos frais dans votre pays d'origine.

Puis, il a disparu au trot en tenant fermement
le GO par la bride.

Encore un souvenir inventé. Je vous en
demande pardon. J'ai l'habitude de faire de ma
mémoire un rêve, une distraction, une farce. Le
passé me semble souvent un peu gris, comme la
matière où il est stocké. Et puis il est plein de
trous, on dirait de la dentelle. Je n'aime pas les
napperons.

Au cours du dîner, je m'en suis pris à nouveau aux tomates. Lassée de m'entendre les

insulter, vous êtes allée retrouver Coccinelle qui se disputait au fond de la salle avec son cheminot. Chacun vous prenait à partie, vous bourlinguiez d'un bout de la table à l'autre.

Vous m'avez lancé un regard plein d'inquiétude, et même de panique. Je me suis approché, mais je n'ai pu vous arracher à Coccinelle, maintenant toute baignée de larmes, qui essuyait son visage contre votre manche avec un mouvement giratoire rappelant celui qu'on donne à une assiette pour la sécher et la laisser brillante comme un miroir. Vous avez tenté sans succès de me parler, car elle vous a serrée contre elle en écrasant alternativement chacune de ses joues dégoulinantes contre les vôtres.

Je vous ai abandonnée à ce ménage en perdition. Alors que je passais devant la boutique, j'ai vu un homme tomber du balcon d'une chambre. Il s'est relevé, et il a claudiqué dans ma direction. Il m'a dit qu'il perdait souvent l'équilibre en tendant le cou pour respirer l'air du soir quand il avait trop bu. L'infirmerie était fermée, je l'ai aidé à nettoyer la plaie qui balafrait son front avec de l'eau de piscine.

Je vous ai raconté plus tard cet incident dans la salle de bains, tandis que vous vous tamponniez avec une serviette pour pomper tout le chagrin dont Coccinelle vous avait inondée. Vous m'avez éloigné comme un moucheron d'une main lasse.

— Tu dis n'importe quoi.

Vous aviez raison. L'homme était sorti de la boutique avec un paquet de cigarettes, et il m'avait simplement demandé du feu. Il avait l'accent bruxellois. Il portait des lunettes sans monture. Il était bronzé, avec sur le front une zone dépigmentée de la taille d'un ticket de métro. J'avais bien remarqué une profonde cicatrice sur son arcade sourcilière, mais rien ne m'autorisait à penser qu'elle était le résultat d'une chute, de toute façon ancienne, et dont je n'avais pas été témoin.

— Je me suis trompé.

Vous vous êtes assise sur la terrasse obscure. Vous regardiez le ciel. Le skipper devait rôder au-dessus de la plage, les voiles de son bateau comme des ailes d'oiseau. Je me suis approché, je vous ai touché les cheveux. Le bateau est tombé dans la mer. Ses voiles comme des nageoires, il a filé sous les vagues jusqu'en Espagne.

Vous m'avez dit que Coccinelle avait rompu avec son cheminot en sortant de table. Vous lui aviez proposé l'hospitalité, mais elle avait préféré tenter sa chance à la boîte de nuit. Je vous ai proposé de la rejoindre.

— Je suis fatiguée.

Vous vous êtes couchée. Le sommeil ne venait plus à bout de votre fatigue, elle était devenue étanche à toute forme de repos. Parfois, vous auriez voulu dormir un siècle, ou du moins continuer à dormir toute votre vie. Une sorte de mort, mais encore reliée à l'existence par la possibilité d'un réveil lointain, juste pour qu'il ne soit pas tout à fait la mort. Vous étiez sûre d'être heureuse, pourtant ce bonheur vous le sentiez si fragile que vous auriez voulu le conserver dans les glaces du sommeil pour qu'il ne se dégrade pas à l'air libre.

Les hommes sont jaloux devant une femme qui dort. Même ceux qui n'aiment pas assez pour souffrir de les imaginer dans le lit d'un autre. Ils lui en veulent de ne pas les avoir emportés avec elles, de les laisser seuls sur le tarmac.

J'ai éteint la lampe. Je me suis allongé. J'ai téléphoné à Paris, mais je ne tombais que sur des messageries dont les propriétaires dormaient aussi. Je me suis levé, et j'ai trouvé à tâtons ma boîte de somnifères dont j'ai avalé deux comprimés avec une gorgée d'eau pompée au goulot d'une bouteille qui traînait par terre dans le rectangle de lumière que laissait filtrer le grand carreau de la porte-fenêtre.

À mon réveil, j'ai trouvé Coccinelle dans votre lit. Elle dormait profondément en string violet, ses fesses bombées des deux côtés de la ficelle, ses vêtements pliés sur la chaise et ses ballerines au pied du bureau. Je ne m'étais pas aperçu qu'elle cachait sous ses tee-shirts des seins aussi impressionnants. Elle en écrasait un avec son buste, mais l'autre était tout entier visible avec son bout érigé comme une tétine qui aurait pu donner à un amateur de mamelons l'envie de le prendre en bouche.

Vous êtes entrée dans la chambre.

— Elle est venue gratter à cinq heures.

— Rien entendu.

— Elle n'a trouvé personne à la boîte.

Vous l'avez recouverte avec le drap.

— Je ne la regardais pas.

— J'avais peur qu'elle prenne froid.

Vous avez ri, et nous sommes descendus à la plage.

Le soir, elle a pu dormir dans sa chambre. Le cheminot avait élu domicile dans le lit d'une Italienne avec laquelle il est resté jusqu'à la fin du séjour. La fin du séjour qui, je ne sais à quel moment de cette semaine fugace, s'est rapprochée de nous dangereusement, prenant d'heure en heure de la vitesse, vous empêchant peu à peu de détourner le regard, de faire semblant de l'ignorer comme un enfant qui début septembre voit fondre sur lui la rentrée des classes.

Le skipper n'osait plus voleter autour des palmiers, se poser sur la pelouse, traverser la piscine, mouiller comme un goujat dans notre chambre, et encore moins vous entraîner au fond de la cabine faire l'amour en me regardant peut-être par le hublot tourner dans la pièce la rage au cœur de vous voir si prompte à m'échapper pour un marin, un jeune homme aux yeux inexpressifs comme deux boutons avec ces épissures de fil noir qui lui servaient de pupilles.

Vous ne preniez même plus la peine de scruter la mer. Ne croisaient plus à l'horizon que de rares cargos, et dans la nuit des barques de pêcheurs qui éblouissaient les bancs de poissons avec un lamparo avant de les cueillir d'un coup de filet.

La peur du retour vous rendait plus tendre. Vous me donniez votre main, vous me demandiez de la garder. Qui sait, nos vaisseaux auraient pu s'aboucher et nos sangs se mêlant vous vous seriez sentie moins seule. Désir peut-être de partager le corps d'un autre comme on partagerait le même studio. Deux cerveaux mêlés dans une seule tête, des cœurs côte à côte, devenir une moitié, perdre une fois pour toutes cette solitude qui nous est donnée à la naissance et dont nous remercions notre mère en poussant des hurlements.

Votre aversion pour la reproduction avait fondu au soleil de Djerba. Vous m'avez dit un soir devant un daïquiri, que vous sentiez monter en vous l'étrange appel de la maternité. Une aspiration violente, un besoin incompréhensible de vous trouver en présence d'un être dont vous auriez provoqué l'apparition. Vous sauriez bien trouver la force de l'élever lorsque la sage-femme le poserait sur vous.

— Je n'aurais pas le choix.

Je vous ai demandé si vous préfériez un garçon, une fille, ou un autre daïquiri.

— Des jumeaux.

À tant faire. Vous auriez même peuplé un coin perdu de la planète, une ville neuve dont vous auriez rempli les immeubles et les rues. De landaus, de berceaux, et les écoles de marmots piaillants dans les cours, envoyant des ballons dans les vitres, et mettant le feu aux maîtresses pour ne pas encombrer leur enfance d'arithmé-tique et de règles de grammaire sans aucun charme.

— Mais, neuf mois, c'est long.

Il vous semblait que vous n'auriez pas le temps. La vie était trop lente à germer dans un ventre de femme. Vous n'auriez pas la patience d'attendre, vous vous lasseriez en chemin. Vous grossiriez le bataillon de celles qui abandonnent, ces capricieuses dont l'enthousiasme s'étiole en sentant cet étranger gonfler leur ventre, ce pas-sager clandestin, cet immigré de l'intérieur dont on craint de ne pas supporter les us et cou-tumes, et cette habitude de réveiller en pleine nuit les autochtones qui dorment du sommeil du juste.

— De toute façon, tu ne m'en feras jamais un.

Car même si le skipper avait changé d'avis, et

mûri soudain jusqu'à accepter de vous féconder de son écume, vous ne vouliez pas entendre parler d'un enfant de la mer. Un petit matelot à pompon qui pleurnicherait pour tenir la barre malgré la tempête, tandis que vous cuisineriez sa portion à fond de cale sur un immonde réchaud secoué par le roulis.

— Je suis trop vieux.

— Si tu me faisais un bébé, il serait plus jeune que toi.

Vous avez étouffé un rire, un rire silencieux. Un rire avorté.

Le temps ne s'écoulait plus, il s'effondrait comme la banquise à l'approche de l'été arctique. Le dernier soir, vous avez pleuré au restaurant. Des sanglots abondants dont le bruit soudain a fait sursauter Coccinelle qui s'était jointe à nous ivre morte, la joue encore marquée par la main de son cheminot dont elle avait griffé l'Italienne en la rencontrant à son bras dans la ruelle du souk où elle était allée acheter un faux sac Vuitton.

Elle vous aurait sans doute offert ses seins généreux afin de siphonner vos larmes de la pointe des aréoles, et de vous rendre ainsi service pour service. Mais, comme si je vous avais à nouveau parlé de psychiatre, vous avez renversé votre verre et vous vous êtes enfuie.

Je vous ai rattrapée sur la plage.

— Ne dis rien.

J'ai la manie de parler, mais je n'ai rien dit.

Le matin du départ, vous vous êtes occupée de vos robes avec soin. Vous caressiez les faux plis, vous avez même appelé en vain la réception pour réclamer un fer à repasser. Acceptant avec résignation votre retour imminent dans le monde du travail, en signe de deuil vous avez enfilé une culotte avant de quitter l'hôtel.

Dans l'avion, vous vous êtes tournée vers moi et m'avez tiré les sourcils en me demandant pourquoi je ne me laissais pas pousser des moustaches.

— Tu ressemblerais à un chat gris.

Vous m'auriez bien vu aussi avec une soutane, dans le rôle du confesseur excité à l'écoute du récit des turpitudes des jeunes paroissiennes rouges et chaudes, plissant les yeux derrière la grille du confessionnal comme un gros matou qui se pourlèche. À votre avis, le rêve d'un écrivain n'était pas de vivre, mais d'assister à l'existence des autres comme à un bal ou un carnage. Les gens de mon espèce ne prenaient pas la peine de jouir ou de combattre, ils étaient comme ces photographes de presse qui se contentent de prendre des clichés dans les raouts de la jet-set ou sur les marchés de Bagdad jonchés de cadavres après une fiesta terroriste.

— Ce que j'aime chez toi, c'est ton courage.

Vous aviez un sourire resplendissant. Vous

m'avez caressé la joue. Vous m'avez couvert de petits baisers nerveux.

— Tu es un lâche.

Je ne vous ai pas demandé pourquoi. Vous paraissiez si gaie. Peut-être faisiez-vous allusion à mon manque d'ardeur à me reproduire de nouveau, et à donner une chance à un gamin de suivre un jour mon cercueil en grenouillère.

Les plateaux-repas étaient désastreux, mais vous avez dévoré jusqu'à l'adipeux fromage blanc saturé de sucre. Je vous ai offert le mien, et vous l'avez avalé aussi. Vous vous êtes essuyé la bouche, et vous avez roulé en boule votre serviette dans le gobelet. Vous étiez taciturne. Votre gaieté venait de se dissiper. Vous avez posé votre main sur ma cuisse. Vous m'avez regardé. En ma présence, vos yeux n'avaient jamais été aussi ronds. Vous paraissiez étonnée que je n'aie pas changé de siège, ou même que de rage je n'aie pas pris l'issue de secours comme dans un vaudeville on prend la porte. À voix basse, vous avez retiré chacun des mots que vous veniez de dire. Doucement, comme on arrache l'un après l'autre les piquants de la fesse d'un type qui s'est assis sur un oursin.

Quand l'hôtesse est passée dans l'allée vendre des produits hors taxes, vous m'avez offert Habit Rouge de Guerlain. L'avion a atterri à Roissy. Le taxi nous a déposés rue de Charonne. Vous êtes montée avec moi. Vous avez senti que je voulais être seul. Toujours cette obsession de me retirer dans ma grotte, peut-être par crainte que les autres ne déteignent sur moi comme ces sudistes qui craignaient que le teint de leurs filles ne s'assombrisse si d'aventure leur nounou taillée dans l'ébène se désaltérait à la même timbale.

Vous m'avez proposé que nous dînions ensemble le jeudi suivant. Vous teniez à remplir avec moi le questionnaire de satisfaction qu'on nous avait donné à notre départ de l'hôtel. Vous êtes partie en traînant votre sac. J'ai refermé la porte comme une parenthèse. Je me suis rétracté dans mon antre.

Mon pauvre amour,

Où est ma chandelle ? Je ne peux tout de même pas écrire dans l'obscurité ! Je te disais dans ma première lettre que les morts ne dormaient pas dans un hôtel de luxe. C'est peu dire, l'au-delà est tout au plus une auberge, et encore, une auberge bien mal tenue, mieux vaudrait encore loger dans le dernier des lupanars, quitte à supporter le charroi incessant des catins et de leurs clients. La seule circonstance atténuante qu'on lui puisse reconnaître, c'est malheureusement de ne pas exister. Un bouge vaut mieux que rien, et j'échangerais de bon cœur le plus suave des néants contre la plus méchante des paillasses d'ortie.

Tu t'en moques bien que les âmes soient des fictions, et que nous n'ayons même pas les flammes de l'enfer pour réchauffer nos os glacés.

Pourvu que tu puisses m'imaginer, je te fais le même profit que si j'étais vivante. Dire que j'étais une demoiselle que les garçons dévisageaient dans le métro, et tu sais bien qu'à nous autres femmes, la nature a donné des visages jusque sous nos jupons, jusque dans nos douillets corsages, sans compter celui si souriant que nous serrons fort entre nos cuisses dans les transports en commun.

— Et tu as fait de moi un procédé romanesque !

Même pas une œuvre d'art, une statue, une mélodie ! Non, un personnage ! Pour dire le vrai, une utilité, un ingrédient que tu jettes dans ta soupe de mots pour l'épaissir quand elle devient claire comme l'eau.

— Cuisine donc ta daube par tes propres moyens !

Si tes pâtés de phrases te semblent fades quand tu les goûtes avec la pointe de ton couteau, sache que je me soucie peu de me laisser saupoudrer par-dessus comme une pincée de poivre de Cayenne.

Pauvre garçon dans sa cuisine en train de mitonner des livres qui retombent comme des soufflés. Non seulement je te sers d'épice, mais à chacune de mes missives tu attends de moi que je te serve de gâte-sauce, de marmiton ! Je te cède, je t'ai toujours cédé.

— Reconnais, qu'on n'a jamais vu encore aussi gracieuse décédée !

Tu veux savoir si j'ai reçu ta lettre, si une camériste m'en a fait la lecture pour ne point fatiguer mes orbites ? Mais oui, mon ami ! Nous nous ennuyons tant dans ces nécropoles campagnardes. Nous sommes avides de recevoir des nouvelles de la ville. Et puisque, somme toute, il ne nous arrive pas grand-chose, nous les commentons à l'envi comme couvent de bénédictines paraboles, fariboles, et farandoles de l'Évangile de saint Jean Cabriole ! Nous nous réunissons entre villégiaturistes.

— Ô saisons ! Ô caveaux !

Pour rêvasser sur le récit de ton voyage. Cher touriste ! Quel périple ! Manger huit jours durant de la tomate ! En compagnie d'un cheminot pourvu d'une acolyte qui porte un nom de bête à bon Dieu ! Voilà qui nous a rendus bien mélancoliques de n'avoir eu dernièrement qu'une entreprise de pompes funèbres en guise de Club Méditerranée. Et ces GO de cimetières habillés de costumes noirs, qui en fait de beach-volley nous ont balancés au fond d'un trou !

— Pourquoi as-tu peinturluré ce voyage, au lieu d'en faire une aquarelle ?

Tu voudrais que je rétablisse la vérité ? Que je dise, à Djerba j'ai été heureuse, et je n'ai jamais pleuré ? Que je balaye tes détritus ? Ces chagrins dont tu as pollué ta prose, ces insultes jamais proférées, et ce sordide corps-à-corps où je t'aurais suggéré de m'assassiner ? Tu ne sais pas raconter le bonheur, c'est bien là ta médiocrité.

— Tu m'as déçue, petit maître. Je regrette de t'avoir aimé.

Chère Charlotte,

La mort vous a ôté l'indulgence en même temps que la vie. Je suis tenté ce soir de rompre, et de vous oublier. Peu m'importera que vous veniez furibonde m'importuner dans mes rêves. Je vous verrai le soir étendue en petite tenue sur mon canapé, mais je soufflerai votre apparition comme des scories. Vous fondrez sur moi quand je prendrai ma douche, mais une fille d'eau, de mousse de savon, ou faite du crin d'un gant, n'obtient pas si aisément une érection solide d'un homme qui, le temps passe si vite, finira bien par avoir soixante-dix-huit ans.

Vous vous ferez alcool en pure perte pour m'enivrer de vous, je reconnaîtrai votre goût à la première gorgée. Et si jamais vous avez l'inconvenance de me suivre dans les allées du supermarché, sachez succube, que je vous lapiderai, avec des boîtes de lait, de sucre, de chocolat en poudre, et de filtres à café. Si d'aventure vous insistez, je vous arroserai de miel, de pleines poignées de corn flakes, de muesli, et de flocons d'avoine.

Vous serez moins fière sous les risées des consommateurs, des vendeuses, et des caissières qui déserteront leur poste pour vous asperger de petite monnaie.

Tenez-vous-le pour dit, et sachez qu'à la prochaine incartade notre histoire sera terminée. Je vous embrasse malgré tout, mais pour cette fois contentez-vous de la joue, car de baiser sur la bouche, vous n'en avez pas mérité.

Mon pauvre amour,

Tu devrais tout de même savoir qu'on ne fait pas de scène de ménage à une morte ! Vouloir me couvrir de honte dans un supermarché ! Tu ne me trouves pas assez grotesque de n'être plus ? Des rires, ce sont là les chrysanthèmes dont tu entends fleurir mon sépulcre ? Tu ne me respecteras donc jamais ? Tu ne comprendras donc jamais rien ? N'oublie pas que tu m'as traitée d'étrangleuse. Tu voudrais que je récompense tes calomnies d'un mot doux, d'une caresse, d'une fellation d'outre-tombe ?

— Tu as toujours confondu les femmes avec des crachoirs !

Je ne suis ni ton exutoire, ni ta grue ! Secoue ton imagination sur des vivantes en état de te souffleter. Moi, je suis obligée de confier à tes bons soins ma défense. Et tu auras beau par mon entremise t'insulter tout ton content, tu sais bien que tu ne te feras pas grand mal. Personne ne s'est jamais lui-même démoli la figure, ni assommé avec ses propres poings.

Vous autres, gens de plume, vous versez volontiers dans la confession, mais vous n'avouez que les crimes dont vous entendez leurrer vos contemporains, afin de mieux cacher ceux qui vous feraient rougir comme des vierges déshabillées par un rustre.

Petit imposteur, tu te gausses de toi pour à force de dérision faire étalage de ton humilité. Tu peux t'agenouiller, te prosterner, en signe de contrition te couvrir la tête d'épluchures, ce sera pour tenter d'être aimé, adoré davantage, comme une idole dont on louerait jusqu'aux hémorroïdes !

— Me voilà par ta faute tombée dans la fosse de la trivialité !

Il ne fait guère bon traîner dans tes romans, tes phrases sont de puantes ruelles où les damoiselles trébuchent dans la fange. Que ne suis-je l'héroïne d'un de ces livres propres comme un sou neuf, fleurant la lavande de l'hypocrisie et la naphtaline des bons sentiments ?

— Une morte a besoin de repos, et qu'on doit bien dormir dans ces beaux draps-là.

Chère Charlotte,

Vous me reprocherez bientôt de n'exister que dans ce livre. C'est un reproche que je serais plus excusable de vous faire. Je préférerais que vous soyez quelque part dans Paris, ailleurs, dans un de ces pays où la vie est plus répandue que dans la province où vous avez cru bon d'élire domicile ces derniers temps. Il ne m'est pas agréable de ne plus vous rencontrer, et de savoir que lorsque je vous aperçois par hasard remontant la rue, ce ne peut être qu'un souvenir remontant ma mémoire.

Je vous en voudrai toujours de m'avoir quitté, il y a des ruptures qu'on ne peut pardonner. Vous m'avez prouvé que la peine de mort ne sera jamais abolie, puisqu'on peut châtier les autres en se l'infligeant à soi-même. Vous auriez pu au dernier moment vous consentir un dernier sursis, décider une révision de votre procès, vous renvoyer délibérer encore, et commuer votre peine en existence à perpétuité. Un accident, la maladie, la vieillesse, se seraient chargés un jour de votre levée d'écrou. Il ne faut jamais désespérer de la mort, elle ne déteste personne au point de lui refuser éternellement le droit d'asile.

Elle ne vous en aurait pas voulu de ne pas lui avoir sauté au cou. La mort est une grand-mère qui rattrape les enfants qui lorsque la nuit tombe cherchent à fuguer. Elle les met au lit sans même les gronder, et les embrasse tout autant que ceux plus affectueux qui sont venus en plein midi lui réclamer un câlin au lieu de continuer à jouer sur la plage avec leurs petits copains.

Je vous l'accorde, la vie est un interminable dimanche. Où l'on s'ennuie, où l'on s'écorche les genoux aux rochers, où l'on se chamaille pour une pelle, une bouée, pour un seau, où l'on s'entre-tue, où l'on s'amuse à s'embrasser, où l'on construit des châteaux de sable en tournant le dos à la marée. Mais, j'imagine qu'à la fin de la journée. En fermant les yeux, on doit se dire. Que c'est un merveilleux souvenir.

Mon pauvre amour,

Grands dieux ! Mais tu dégoulines ! Tu perds les eaux ! Voilà que tu deviens amoureux de la vie ! Tu ne la loues pas, non, on dirait vraiment que tu essaies de la vendre aux badauds comme un camelot son moulin à carottes ! Vis donc ! Empiffre-toi de bonheur ! Saoule-toi de cette joie dont tu cachais si bien les flacons du temps où tu aurais pu m'en jeter une rasade dans la gargouillette !

— Toujours ta manie de ne jamais vouloir prendre les gens tels qu'ils sont !

Tu voudrais peut-être m'arracher à la tombe, comme un bourgeois amoureux une putain au trottoir ? Rejoins-moi plutôt dans la débine ! Ne me demande pas sans arrêt l'impossible, et tiens compte pour une fois de la réalité. Dépêche-toi, dans quelques années tu seras trop décati, et je te tournerai le dos quand tu mourras pour séduire de plus jeunes cadavres !

Tu crois qu'ici on se soucie de sa santé ? Qu'on va nager à la piscine de la Butte-aux-Cailles ? Qu'on suit la mode printemps-été ? Qu'on a nos top models, et nos cover-boys ? Qu'on fait du naturisme pour montrer notre coccyx aux phalènes ? Mon pauvre amour, tu es toujours aussi gamin avec ta façon de décider que la fête ne finira jamais. Tu ne m'appelleras plus minou, moi qui étais allergique aux chats. Nous n'irons plus au bois, en tout cas tu iras sans moi.

— Non, petit homme, tu ne me feras plus danser !

Ni dans ton lit, ni sur ta terrasse. Même si au fond je mérite bien un ballet, une valse, une mazurka.

— Et pourquoi pas un strip-tease ?

Les hommes sont d'autant plus attendrissants, qu'ils sont bien ridicules avec leur pantalon aux chevilles et leur sexe qu'ils soupèsent à pleine main devant nous comme s'ils voulaient nous humilier de n'avoir eu en partage qu'une trappe !

— Oui, un strip-tease !

Voilà qui me changera de tous ces dragueurs de tombeaux qui roulent des vertèbres et ne font que nous cogner du bout de leur os iliaque quand ils tentent de nous grimper !

Mon amour, ne me fais plus crachoter de points d'exclamation. J'ai l'impression que ma bouche est une arbalète. Notre petit ménage n'a pas besoin de s'envoyer à la tête de flèches, ni de traits, et pas davantage de se bombarder de ponctuation. Cette scène n'a que trop duré, tu sais bien que de mon vivant, je n'ai jamais cherché la bagarre. Pourquoi prends-tu feu comme de l'étoupe à chaque fois que je te dis ma façon de penser ? Tu mens, tu mens beaucoup, tu mens trop, et je ne veux pas devenir un mensonge. Ne me pousse pas à tout bout de champ dans les ténèbres de ton imagination. J'en sors couverte de suie.

Je t'en supplie, espèce d'amour, si tu parles de moi, au moins que j'apparaisse. De temps en temps, au détour d'une phrase, comme si ton livre était des arbres, et que les feuilles en remuant laissent passer la lumière. Que je sois la lumière, nette, bien découpée, qu'on me voie à tant faire, que je me ressemble un peu, comme si j'étais presque vivante, comme si j'étais une photo pas trop floue.

— Ne m'engloutis pas, ne m'engloutis pas !

Je suis déjà assez ensevelie, je ne veux pas être enterrée une seconde fois, enfouie dans une fille inventée, une de ces gonzesses un peu braques dont tu te sers comme de briques pour bâtir tes romans remplis à ras bord de tes angoisses.

— Regarde-moi quand je te parle !

Ne louche pas. On écoute aussi avec les pupilles. Oh, et puis, tu me fatigues ! Je vais me coucher. Passe encore la nuit à boire du thé devant la télé. Et surtout ne me réveille pas. Ce soir, je ne suis pas ta coquine, ta petite machine, et je n'ai que faire de ton machin !

Allez, va bon train, petit baudet. Porte-moi galamment sur ton dos jusqu'au bout de mon histoire. Comme une demoiselle qu'on mène à l'abattoir.

Chère Charlotte,

Après une semaine de vie commune et de soleil, j'étais content de me retrouver seul à l'ombre des rideaux. La solitude me plaisait de plus en plus. Je l'aimais comme d'autres aiment les fêtes où les femmes semblent couler à flots avec le dom pérignon.

J'ai ouvert mon courrier. Au milieu des factures, il y avait une lettre de lectrice. Elle m'annonçait que depuis février son mari la trompait avec son employée de maison. Je ne la connaissais pas, mais elle voulait peut-être que j'aille raisonner cette impudente. Elle habitait outremer, c'était trop loin.

Pendant les semaines qui ont suivi, j'ai vécu en concubinage avec Word. Je ne sortais que pour voir mes enfants, ou dîner seul dans un des restaurants du quartier. Je vivais par-dessus le marché en communauté avec deux ou trois souris qui créchaient sous le canapé, sous les lits, et qui me narguaient jusque dans la salle de bains. Elles avaient dû pendre la crémaillère pendant mon absence, et je les soupçonnais d'être des dissidentes du gang des rats de la rue de Nice qui vous avaient suivie la veille de notre départ en Tunisie. Elles me terrorisaient autant que si elles avaient été des crocodiles, et je courais me réfugier dans les toilettes à chaque fois que j'en apercevais une qui filait à travers une pièce ou s'immobilisait sur le tapis pour me fixer de ses petits yeux inquiets.

J'avais essayé de les nourrir de blé empoisonné, mais elles le boudaient et préféraient les biscottes que je retrouvais au matin grignotées dans le placard. J'avais acheté des pièges, mais ni le fromage ni le chocolat dont le vendeur de Castorama m'avait dit qu'ils constituaient un appât de choix, ne les tentaient.

J'envisageais un changement d'adresse. Malheureusement, les appartements que je visitais me semblaient louches, et je craignais que sous le parquet neuf, ne se cachent des familles de dragons prêts à me dévorer dans mon sommeil.

Nous causions par mails. Vous me parliez de votre relation avec le skipper. Vous lui reprochiez de n'avoir que vingt-six ans, et vous auriez voulu qu'il fasse l'effort de vieillir plus vite que vous. Vous auriez pu alors fêter tous les deux vos trente-cinq ans le 18 avril prochain. Mais il y mettait tant de mauvaise volonté, que vous vous imaginiez déjà à quatre-vingts ans traînant au bout de votre canne un gamin de soixante-douze printemps qui vous ruinerait en glaces et en consoles de jeux.

Il avait jeté l'ancre à Paris le jour de notre retour. À croire qu'il avait accroché la proue de son trimaran à la queue de notre avion. Vous passiez vos nuits à bord avec lui dans la cabine exiguë, et le matin vous sautiez du pont dans le premier métro pour vous rendre à la radio. La directrice de rédaction était catastrophée.

— Les SDF ont coulé l'audience.

En désespoir de cause, depuis votre retour on tâtait du chien écrasé. Vous étiez chargée d'aller interviewer les maîtres éplorés. Vous aviez assisté à l'enterrement d'un bouledogue. Vous aviez enregistré l'intervention des forces de l'ordre qui à la fin de la cérémonie avaient expulsé l'animal du caveau familial où on l'avait casé entre un grand-père et un neveu décédé en 2003 d'une hépatite C.

Vous me téléphoniez.

— Si tu veux, on dîne ensemble dimanche ou lundi.

Quand on se voyait, nous couchions à peine, et souvent nous ne couchions pas. Vous aviez sûrement le skipper dans le cœur, et il aurait pu contrarier nos ébats en jaillissant comme un diable de votre bouche. Mais surtout vous étiez épuisée, la force de continuer à vivre avait commencé à s'évaporer, une sorte d'hémorragie, pas de sang cependant, pas de plaie, une buée, une brume, personne ne la voyait.

Vous auriez craint de me lasser d'être triste en ma présence, vous étiez enthousiaste et quand je racontais des blagues épouvantables vous éclatiez de rire comme une gamine dans un théâtre de marionnettes. Armée d'un balai, vous acceptiez de partir en safari à travers l'appartement. Nous ne débusquions jamais les souris, mais nous prenions peur quand nous apercevions des moutons sous les radiateurs.

Il vous arrivait ces soirs-là de rentrer rue de Nice. Vous vouliez que je vous raccompagne. Vous me serriez le bras, comme si la ville était éteinte, et que vous ayez peur de vous perdre dans l'obscurité. Vous me racontiez que l'esthéticienne du rez-de-chaussée avait été l'avant-veille la proie de la vindicte de son ex-mari qui avait dévasté sa boutique.

— Il a même éclaté une cloison avec une masse.

Je montais avec vous jusqu'à la colocation. Dans la grande pièce du bas, une fille d'une vingtaine d'années parlait toute seule devant la télé. Vous étiez en instance de déménagement. Vous aviez déjà rempli trois cartons de livres. Je grimpais avec vous à votre chambre. Vous enleviez vos chaussures, et vous vous couchiez. Vous vous endormiez tout habillée.

Je rentrais chez moi. Avec ces baies vitrées donnant sur la nuit, avant que j'éclaire l'halogène, l'appartement ressemblait à un aquarium, un vivier à crustacés de restaurant fermé après le dernier service.

La radio perdait un annonceur à chaque fois qu'un chien passait sous un camion. Vous ne faisiez plus partie d'aucun lot. Les syndicats avaient alerté l'inspection du travail, et l'idée avait été abandonnée. On avait quand même renvoyé cinq personnes. D'après ce qui se murmurait, l'administrateur avait procédé à un tirage au sort dans le cercle de jeu où il perdait chaque soir ses émoluments au multicolore. Vous vous sentiez coupable d'être toujours là.

Vous me demandiez si je ne connaissais pas un éditeur qui veuille créer une collection de livres sur la musique. Vous aviez fait le conservatoire. Vous aviez enseigné la clarinette. Vous aviez vendu votre clarinette l'an passé pour acheter un ordinateur portable. Vous ne parliez jamais de musique, vous vouliez écrire un roman. Je n'ai lu de vous qu'une nouvelle envoyée à un concours organisé par la RATP. Vous racontiez qu'un matin l'autobus sentait la mandarine, et jugé sans doute diffamatoire votre texte n'a pas été primé.

— Je cherche un autre boulot, mais je ne trouve rien.

Maintenant, vous auriez voulu qu'ils vous congédient. Une prime de licenciement et quelques mois de chômage ne vous faisaient pas rêver. Mais vous n'en pouviez plus de ces cauchemars peuplés de chiens éclatant comme des grenades avec un micro-cravate autour du cou.

Certains dimanches, le skipper vous retrouvait étendue au milieu de la cabine. Il vous récupérait à la petite cuillère, et ne trouvant pas sans doute de bocal assez confortable, il vous allongeait sur la couchette.

— Il est gentil.

Vous auriez aimé pouvoir le porter comme un gilet de sauvetage dont vous auriez serré les sangles à vous rompre les os. Vous me disiez qu'il allait sûrement vous sauver.

— Il m'écoute.

Mais il vous arrivait de le quitter. Vous mettiez à l'eau nuitamment le petit zodiac qui pendait sur le pont arrière, et vous ramiez dans Paris. Je vous voyais remonter la rue de Charonne, vous aviez perdu les avirons et vous luttiez contre le courant en pagayant avec vos mains nues. Vous ne pouviez plus avancer, vous étiez prête à dévaler jusqu'à la Bastille. Je vous jetais une corde par-dessus la rambarde. Je n'ai pas beaucoup de force dans les bras, mais vous

vous faisiez si légère que je parvenais à vous hisser jusqu'à mon huitième étage.

Vous trembliez, vous aviez le visage bleu par le froid. Je vous préparais une théière de darjeeling, je vous installais dans mon lit et je vous submergeais de couettes, d'oreillers, de couvertures, et de tous les manteaux, tous les lainages, que je pouvais trouver dans les placards de la maison.

— Je me sens mieux.

J'étais une source de chaleur, je me collais contre vous comme une bouillotte avec mes pattes chaudes qui s'enroulaient autour de vos jambes. Votre cœur battait moins fort, je sentais dans les miennes vos mains tièdes. Nous n'avions sans doute ni l'un ni l'autre le goût des pléonasmes, et nous n'éprouvions pas le besoin de commettre celui de faire l'amour. Dans ces moments-là, nous nous aimions bien assez pour ne même pas éprouver le désir de monter à l'assaut de l'orgasme qui nous aurait semblé un plaisir minuscule. Ce plaisir remuant ne valait pas notre bienheureuse immobilité. Malgré ma peur d'aimer, je me souviens à présent qu'il m'est arrivé de vous aimer.

À huit heures, vous sautiez par la fenêtre et gagniez la radio à la nage.

On avait abandonné les deuils qui émaillent la vie des maîtres d'animaux domestiques. On s'était brièvement intéressé au sort du **grand** requin blanc dont la population périclite, mais c'est un poisson peu disert et faute de documents sonores on l'avait abandonné aux chalutiers. Les gorilles sont plus loquaces, cependant leur langage de sourd-muet ne se prête guère qu'aux talk-shows télévisés.

Quelques sidéens ont connu leur heure de gloire lors d'une série d'émissions sponsorisées par un labo pharmaceutique qui avait mis au point un médicament d'une efficacité proche du placebo, mais d'un coût de fabrication dérisoire, dont il espérait vendre des milliards de boîtes à prix d'ami aux pays du tiers-monde.

— C'est mieux que rien.

Tel était le slogan du produit. Les ambassades exotiques ont protesté, et on a menacé la radio de lui retirer sa fréquence.

On vous a chargée alors d'infiltrer les banlieues, en vous promettant une prime exceptionnelle si vous parveniez à interviewer une gamine dans l'enfer d'une tournante. Vous aviez noué contact avec les élèves d'un lycée de La Courneuve, mais ils rêvaient tous de devenir traders, chercheurs, ou même préfets, et en dépit de leur accent on vous soupçonnait de donner la parole aux fripouilles cocaïnées d'une prépa de Passy. On parlait de vous envoyer devenir otage chez les mollahs. On redoutait cependant que vous ne soyez exécutée sans avoir pu faire parvenir le moindre enregistrement.

Pour Noël, le skipper vous a emmenée en croisière à Amsterdam. Vous arpentiez les canaux avec une voilure réduite pour avoir le temps d'apprécier les monuments et de vous imprégner de la couleur de la ville.

Au musée Van Gogh, vous avez vu *Champ sous un ciel d'orage*. Vous avez cru entendre pour de bon le bruit du tonnerre, et vous vous êtes réfugiée à la cafétéria mouillée jusqu'aux os.

Vous aimiez vous allonger la nuit douillettement dans la cabine, et regarder passer les maisons éclairées par les lampes orangées des lampadaires.

De retour à Paris, vous avez été presque étonnée que la Fnac se déclare incapable de tirer des épreuves de toutes ces images que vous aviez emmagasinées dans votre mémoire.

Vous aviez rapporté de Hollande un sac à main rayé. Les souvenirs où il figure datent des quelques semaines qui ont précédé votre disparition. Il était pendu à votre épaule le soir où nous avons découvert ensemble la vitre éclatée de ma voiture garée dans le parking souterrain de mon immeuble. On ne m'avait dérobé qu'un chien en plastique qui remuait la tête sous la lunette arrière pour amuser les enfants jadis. Deux mois plus tôt, on m'avait arraché l'auto-radio que malheureusement pour les malhonnêtes je n'avais pas encore remplacé.

À partir de janvier, la fréquence de vos visites a augmenté. Vous me demandiez comme une faveur de ne jamais mettre mon portable sur silence afin de toujours pouvoir me joindre. Vous m'appeliez pour me dire que vous aviez peur. Vous me donniez rendez-vous à deux heures du matin dans un bar de la rue de Lappe. Vous commandiez un alcool, mais l'ivresse vous faisait peur aussi. Vous me demandiez de le boire à votre place.

Quand vous ne passiez pas la nuit à bord, depuis votre départ de la rue de Nice, vos parents vous hébergeaient dans le XXᵉ arrondissement, rue Meursault, à l'entresol de leur maison dans un studio qui servait d'ordinaire de bureau d'appoint à votre père.

— J'ai trouvé un médecin sympathique.

Il vous signait des arrêts de travail. Vous disiez à la directrice de rédaction que vous étiez sujette à des lumbagos qui vous obligeaient à demeurer allongée sur le dos. Pendant ces moments de répit, vous coupiez les gaz. Vous étiez comme un avion remisé dans un hangar.

— Je me repose, c'est comme si j'étais morte.

Vous aimiez arrêter ainsi votre vie. Ne plus entendre ce tintamarre, oublier le compte à rebours. En ce temps-là, vous vous imaginiez que les morts dormaient. Quand les rêves ne vous réveillaient pas en sursaut, vous leur ressembliez peut-être un peu. Le soir, votre mère frappait à la porte et accrochait à la poignée un sac rempli de fruits, de fromage, et de Petit LU. Le lendemain, il avait disparu.

Un matin, vos parents entendaient couler la douche. Vous étiez sortie de ce long sommeil tout engourdie, et vous ressuscitiez sous l'eau chaude. Vous montiez à l'étage, vous leur disiez que vous auriez trente-cinq ans aux cerises.

— Je vais enfin devenir une grande fille.

Vous étiez euphorique. Vous demandiez à votre mère de vous faire des crêpes. Vous ébouriffiez les rares cheveux de votre père. Vous vouliez savoir s'il préférait être le papi d'une Chloé ou le pépé d'un Lucas. Vous disiez à votre mère de commencer par la deuxième crêpe.

— Puisque la première est toujours ratée.

Il ne lui restait plus de lait, elle vous préparait des œufs à la coque. Vous beurriez des mouillettes. Vous partiez avec du jaune aux commissures des lèvres.

Le skipper vous attendait à l'angle de la rue. Son bateau bloquait la circulation. Il avait crevé le pare-brise d'un camion en jetant l'ancre avec une désinvolture toute parisienne. Le chauffeur donnait des coups de pied dans la quille à moitié enfoncée dans la chaussée. Vous sautiez sur le pont, et il devait enjamber la mer de véhicules qui s'étendait à présent jusqu'à la porte de Bagnolet pour pouvoir prendre le large.

Vous étiez déjà à Chartres, quand vous vous souveniez que, faute d'une rallonge du toubib, vous étiez censée reprendre votre travail ce matin-là. À cause des vents contraires, vous deviez voguer jusqu'à Saint-Nazaire avant que le skipper puisse enfin virer de bord.

Vous étiez en retard. Arrivée boulevard des Italiens, vous vous élanciez dans les locaux de la radio par une fenêtre ouverte.

Mon pauvre amour,

L'été se termine, voilà les premiers ciels plombés de septembre et leur cortège d'obsèques sous la pluie. Il me semble que la mort redouble ces temps-ci, nous nous bousculons dans les ténèbres. Le charroi des cercueils est incessant, ils sont remplis de vieillards qui font sauter un à un leur couvercle avec la rage au cœur de ne pas se réveiller dans leur lit. Ils regrettent jusqu'aux odeurs des stations d'épuration qui les exaspéraient chaque soir quand ils prenaient le frais à leur fenêtre. Ils ont la nostalgie des rhumatismes, des grippes, et même de la maladie qui les a emportés. Ils regrettent jusqu'à leur agonie, et se souviennent de leurs dernières goulées d'air comme d'un nectar. On dirait que ce sont ceux qui n'ont pas aimé la vie, qui détestent le plus la mort.

— Prends-en de la graine, salopiot !

Arrête définitivement de ne pas être heureux. Ce n'est pas si difficile, on arrête bien l'héroïne. Éblouis tes idées noires comme les pêcheurs de Djerba les poissons de la Méditerranée. Jette-les dans un sac et va les noyer dans la Seine. Et gare à toi si tu t'ennuies. Ne gaspille pas les secondes comme un panier percé. Déguste-les, elles sont précieuses. La vie a bon goût. Et puis, je t'en prie.

— Surtout, ne souffre plus !

La souffrance est abjecte, la souffrance ne vaut rien. Regarde dans quel pétrin elle m'a fichue, quel cercueil, quelle bière.

Quand on meurt, on devient imaginaire. Tu as fait de moi une vivante artificielle comme ces fleurs en plastique dont les goujats souillent les tombes de leurs amantes. Je ne peux même pas t'aimer, il faut tant d'énergie pour aimer, tant de force, ceux qui vivent encore en manquent si souvent, aiment déjà si mal, si chichement. Alors, nous autres. Moi, qui ne suis ici qu'un éboulis de phrases. Les mots sont tendres comme du métal. On n'embrasse pas à coups de barre de fer.

— On joue ? On joue encore ?

Allez, on fait encore semblant que la mort soit une cour d'école où on jouerait à ressusciter. Les gamins jouent bien à tuer, les gamins jouent bien à la guerre. Ils n'y croient pas, mais ils jouent, et ils y croient quand même. Tu as le droit de jouer, de faire semblant d'y croire. Déguise-toi en magicien, frappe avec ta baguette la porte de l'ascenseur. Elle se fend, elle s'ouvre comme la caverne d'Ali Baba.

— Coucou, tu me vois ?

Je suis là. J'ai l'air vivante et fraîche.

— Non, ne me touche pas.

La chair me manque, jamais les illusions ne s'incarnent. Elles peuvent tout au plus s'insinuer dans les demeures comme des superstitions. Et poser cette lettre sur ta table de nuit.

— Et maintenant, tu vas au lit !

Enlève ton déguisement, mets ton pyjama. Et fais-moi le plaisir de ranger cette baguette magique dans ton pot à crayons !

Chère Charlotte,

Un mois de janvier très court, comme s'il lui manquait des jours. Il y en avait déjà trop. Vous auriez préféré qu'il se mette à courir, et saute les semaines comme des haies. À votre réveil, les larmes de la nuit n'avaient pas séché. La matinée vous donnait un coup de boule, et l'après-midi un grand coup de pied dans le ventre. Vous passiez vos soirées pliée en deux, avec un visage ensanglanté que les pleurs ne parvenaient pas à rincer.

Il n'y avait pas de sang sur votre visage, mais les lisières de vos yeux ressemblaient à deux traits rouges. Vous avez pris l'habitude de vous maquiller, de les camoufler sous le khôl, et de noyer vos joues mâchées sous le fard. Vous vous appliquiez, comme si vous appreniez à écrire. Vous n'aviez encore jamais touché à ces couleurs, ces enduits. Même petite fille, vous n'aviez pas éprouvé le besoin de chiper le rouge à lèvres de votre mère pour vous dessiner une bouche de femme. Vous vous sentiez loin de l'âge adulte, et en réalité il ne vous faisait pas envie. Maintenant, vous aviez l'impression de vous grimer, de peindre un autre visage par-dessus le vôtre, de bricoler un masque de carnaval pour vous cacher.

Vous avez fini un jour par vous constituer prisonnière à l'hôpital. La souffrance était trop vive, elle était devenue plus forte que l'humiliation de livrer votre cerveau aux psychiatres. Vous êtes arrivée aux urgences, vous leur avez dit *prenez-le*. Une sorte d'enfant, que dans la misère absolue vous auriez abandonné à la DDASS pour qu'il vive. Vous aviez peur de mourir, de vous tuer. Vous saviez qu'il y avait un contrat contre vous, et que vous étiez chargée de l'exécuter. Le suicide est un homicide comme un autre. Un assassinat avec préméditation, un complot fomenté par une faction dans un recoin du psychisme. Une faction qui peu à peu fait des émules, jusqu'au soir de l'insurrection.

— Je suis aux urgences de l'avenue Parmentier.

— Je viendrai te voir demain.

Je vous ai rappelée deux jours plus tard.

— Ils m'ont laissée sortir.

Vous aviez quitté l'hôpital avec votre cerveau

dans le crâne, comme une bombe à retardement que le corps médical n'avait pas cru devoir prendre la peine de désamorcer. La ville était hostile, les immeubles vous surveillaient avec leurs yeux de mouches tapissés de fenêtres. Les voitures se déplaçaient en troupeaux décidés à vous piétiner. Les passants ne vous aimaient pas, et le soleil découpait votre image à coups de sabre.

Vous êtes passée devant chez moi, vous n'êtes pas montée. Vous avez grimpé dans un autobus qui vous a semblé moins bourru que les autres. Assise toute seule sur la banquette du fond, vous fermiez les yeux de peur d'apercevoir votre reflet dans le couloir vide. Vous deviez le prendre pour un miroir.

Vos parents ne savaient rien de votre escapade chez les fous. Quand vous êtes arrivée, ils étaient en train de déjeuner. Vous êtes allée prendre une assiette à la cuisine. Vous avez repris deux fois de la blanquette, et vous avez vidé la corbeille à pain.

Vous êtes allée vomir. Vous êtes revenue encore plus triste, avec un sourire d'actrice dont le jeu est trop médiocre pour être cru. Vous vous êtes mise à parler, racontant que vous aviez profité d'un arrêt maladie pour passer trois jours avec moi dans un petit hôtel sur le port de Saint-Malo.

— On a mangé des bigorneaux.

Vous avez remis votre manteau gris, et l'écharpe beige que je vous avais donnée un jour où je l'avais autour du cou et que vous l'aviez trouvée belle. En partant, vous avez laissé la porte d'entrée grande ouverte.

La couleur de la ville n'était plus la même. Un rideau foncé de nuages cachait le soleil. Les lumières municipales étaient encore éteintes, mais la nuit menaçait de tomber. Les voitures allumaient leurs phares, les immeubles éclairaient peu à peu leurs appartements. Pressés de se laisser tomber dans les bouches de métro, les passants marchaient de plus en plus vite. Vous aviez peur que l'arrondissement ne s'envole, ne se retourne comme une casserole au-dessus de vous, et ne vous ensevelisse sous ses pierres, son macadam, ses véhicules, et ses gens.

Vous redoutiez le suicide. Vous vous disiez que mourir devait être désagréable et que peut-être même ça faisait mal. Vous auriez pourtant voulu être morte depuis longtemps. Une vie déjà accomplie, les décennies réglementaires parcourues avec leur lot de naissances, de deuils, de souffrances surmontées avec courage, de petites joies simples comme un samedi matin sous la couette, et d'autres fondamentales qui auraient justifié à vos yeux votre passage parmi nous. Simplement, avoir franchi la ligne d'arrivée dans la dignité après un parcours honorable. Comme on préférerait avoir déjà atterri à la veille d'un long voyage vers l'Asie.

Depuis une semaine, vous n'étiez pas entrée en contact avec le skipper. Vous aviez quitté le navire au milieu de la nuit. Il ne s'était pas réveillé, le clapotis avait couvert le bruit de vos pas sur la coque. Vous aviez peur maintenant qu'il n'ait levé les voiles, qu'il ne trace la route à travers l'Atlantique, ou ne remonte le Rhin au milieu des paquebots et des péniches avant de se jeter dans la mer du Nord avec le fleuve. Vous aviez soudain besoin de lui comme qui a froid d'un vêtement chaud.

Vous couriez. Vous ne bousculiez personne, la foule se fendait à votre approche comme la mer pour laisser passer le peuple élu pendant l'Exode. La panique effraie, elle disperse. La panique vous portait, vous ne vous arrêtiez même pas pour reprendre votre souffle. Vous avez traversé la place de la Bastille sous les klaxons, vous avez descendu le boulevard Henri-IV, et passant le pont de Sully vous êtes arrivée quai de Béthune.

Le soir de votre fugue, vous vous souveniez avoir vu Notre-Dame par le hublot. La cathédrale n'avait pas bougé, mais le bateau n'était amarré nulle part. Vous avez pris un comprimé dans la boîte de tranquillisants qu'avant de vous mettre dehors une infirmière vous avait donnée pour viatique. Votre angoisse a décliné, vous

vous êtes assise sur le tronc d'un arbre qu'on venait d'abattre. Vous regardiez Notre-Dame qui devenait nébuleuse.

Je venais de terminer d'écrire une histoire. Une histoire d'amour peut-être, ce qui m'arrive après tout quelquefois. J'avais remarqué sur l'écran du Mac qu'il était presque cinq heures du matin. Vous m'avez appelé.

— Je suis devant ta porte.

— Monte.

— Je suis là.

Vous étiez sur le palier. Vous aviez l'onglée, vous étiez restée toute la nuit sur le quai. Au sortir de votre léthargie, vous aviez essayé de distinguer une voile blanche sur la Seine. Tout était gris, et le bruit de la circulation nocturne résonnait sourdement dans vos oreilles comme un acouphène.

Vous êtes allée vous coucher. Vous avez dormi jusqu'en début d'après-midi.

Je vous ai entendue tirer de l'eau à la salle de bains. J'ai abandonné mon bureau pour vous faire du café. Vous m'avez rejoint devant la cafetière. D'une voix cassée par le rhume, vous vous êtes excusée d'être arrivée sans prévenir.

— Tu aurais pu ne pas être seul.

— Je t'attendais.

— Menteur.

Vous avez souri. Vous me faisiez penser à un

oiseau qui a perdu des plumes dans la tempête, et qui est tombé de la branche parce qu'il lui en manque trop désormais pour s'envoler. Je vous ai obligée à manger des céréales dans un bol de lait. Vous m'avez raconté votre nuit. Je vous ai suggéré de téléphoner au skipper.

— Au lieu de l'attendre sur un quai comme une femme de marin.

Votre cerveau en déroute n'y avait pas pensé.

Le skipper a décroché à la première sonnerie. Il était quillé sur les hauteurs de Montmartre. Il avait maille à partir avec la police, car son trimaran gênait la circulation des cars de touristes dont certains commençaient à le pilonner à coups d'appareils photo devenu obsolètes à la suite de la nouvelle révolution numérique qui venait d'éclater l'avant-veille à Taïwan. Il s'apprêtait à hisser le foc pour descendre sur Pigalle à petite vitesse. Il vous a donné rendez-vous au crépuscule devant un fromager de la rue des Martyrs.

— À la prochaine.

Vous m'avez embrassé à distance d'un claquement de lèvres, avant de disparaître pareille à une nièce quittant en trombe son vieil oncle compatissant et doux dès que son fiancé consent à la biper après une longue semaine de bouderie.

Vous avez repris votre travail le lundi suivant. La directrice de rédaction vous a demandé de vous convertir au coït du missionnaire au lieu de vous livrer à des acrobaties si dommageables pour votre colonne vertébrale.

— On ne va pas continuer longtemps à soutenir ta vie sexuelle à coups de congés maladie.

La radio s'intéressait à présent au bonheur. Votre mission consisterait dorénavant à le traquer dans les rues, les gares, et les allées des hypermarchés. Quand les autorisations auraient été accordées par la pénitentiaire, vous seriez chargée de le dénicher dans les cellules, les quartiers disciplinaires et les QHS. Une de vos collègues s'occupait actuellement de l'enregistrer au fin fond du gosier des malades en fin de vie, et un jeune stagiaire espérait glaner des gloussements de plaisir dans le cœur des truffes du Périgord ivres du bonheur d'être tranchées d'un coup de couteau majestueux sur la planche d'un chef du Plaza Athénée.

La directrice de rédaction vous a reproché au passage de n'avoir guère la tête de l'emploi.

— Essaie au moins de sourire, on n'attrape pas les mouches avec du vinaigre.

Toute la semaine, vous avez essayé d'emmagasiner la joie des gens dans les entrailles de votre magnétophone. Vous tendiez votre micro dans les cohues comme le suceur d'un aspirateur dans un recoin poussiéreux. Vous récoltiez des rires, des souvenirs émus de maternité, de beuveries, et quelques grognements de grincheux. Votre pêche n'était pas miraculeuse, mais vous rapportiez au moins de quoi cuisiner une petite fricassée qu'on diffusait faute de saumon Bellevue et de bar au fenouil.

La nuit, vous partiez en croisière. Les vents alizés poussaient l'embarcation vers les Baléares, les îles Canaries. Vous buviez à minuit le lait des noix de coco du Cap-Vert, avant de vous endormir dans les bras du skipper à une portée de mousquet d'une plage de sable rouge de Guinée équatoriale.

À huit heures du matin, vous vous réveilliez en sursaut sur le canal Saint-Martin entre deux rangées de tentes garnies de sans-abri qui ouvraient l'œil en état d'hypothermie sous l'objectif des caméras de télévision d'Europe et du monde arabe. Vous saviez qu'ils prenaient le bonheur pour une denrée louche dont les nantis se gavent, et vous couriez prendre votre métro place de la République en serrant à pleine main votre micro pour qu'il ne saute pas au milieu d'eux comme une insulte au bout de son câble rose layette comme les lèvres du sourire d'ado que la radio venait de choisir pour emblème depuis sa dernière révolution culturelle.

Le mois de février venait d'apparaître. Un corridor glacé qui donnait sur le mois de mars le plus froid, le plus obscur, et le plus court de votre existence.

Vous m'avez appelé un soir pour me dire que

vous vous en foutiez d'être morte ou vivante. Le délai n'avait plus d'importance, et vous auriez accueilli un cancer les bras ouverts. Une courte lutte contre le mal, le courage d'affronter la chimio, et la satisfaction de quitter le plateau en diva sous les applaudissements de tous ceux qui auraient assisté à votre saga au trente-cinquième épisode interrompu en plein tournage.

Nous échangions des mails en rafales. Vous me demandiez de grossir démesurément afin que je puisse vous porter dans mon ventre. Incapable d'accoucher, je serais bien obligé de vous garder en moi à l'abri des catastrophes.

— Je n'en peux plus, ma vie comme du papier-cul, et je suis au bout du rouleau.

Vous me demandiez de vous cacher. De vous retenir prisonnière. De vous enchaîner dans un coin. Vous aviez peur de la liberté, comme d'une chute.

Vous vous invitiez, avec précaution. Comme si vous aviez redouté un refus.

— On pourrait dîner chez toi, j'apporterai des gâteaux et des marguerites.

Mais, peut-être par peur de me lasser, par stratégie, pour rendre cet événement à moi plus désirable, vous me proposiez toujours un rendez-vous lointain.

— Dans une semaine, je ne peux pas avant.

Vous veniez me voir entre-temps à l'improviste. Dans l'affolement, vous me rejoigniez au chaud du lit. Vous étiez une réfugiée, l'extérieur était une guerre. La couette comme un abri antiaérien, un bunker étanche aux radiations, une vieille cabane au toit criblé de trous rouillés qu'on est bien content de trouver dans une clairière un jour de tempête de neige. Vous me disiez, *si tu veux on peut faire l'amour.*

Vous vous endormiez dans mes bras, vous étiez une enfant perdue.

Mon pauvre amour,

Te voilà devenu une petite main ? Une cou-
turière à la journée ? Tu brodes, tu festonnes,
tu enlumines ? Tu me couds une robe, une robe
longue, une robe de mariée avec une interminable traîne ? Tu me prépares une mort haute
couture ? Alors que je me suis toujours habillée
en solde ! Les condamnées ne sont pas si élé-
gantes le jour de leur exécution, une chemise en
toile bise fait l'affaire, et elles vont pieds nus.
Tu tergiverses, mon ami, tu baguenaudes en
chemin, tu te débats pour que mes derniers instants s'éternisent. Tu t'imagines, vieux gamin,
qu'on peut filer le temps comme du sucre ?

— Courage, mon garçon !
Le gibet est dressé sur la place de Grève. Les
curieux se pressent depuis l'aube, des vieilles
emmitouflées leur vendent du vin chaud, des

massepains, et du lard qu'elles font griller à la flamme de leurs braseros qui enfument l'atmosphère à faire éternuer les chiens.

— Regarde !

Tous les balcons ont été loués à des petits marquis, des douairières aux babines luisantes, et de fausses comtesses qui rient en buvant du champagne dont elles jettent par jeu quelques bulles qui flottent dans les airs avant d'éclater sur la populace.

Il arrive un moment où la renarde en a assez de courir, elle se laisse rattraper par la meute. Crois-moi, épuisée d'avoir tant fui, pour elle l'hallali est une délivrance. Si tu continues à fabuler, le mois de mars va s'allonger comme le nez de Pinocchio. Alors, montre-toi vaillant, et laisse enfin entrer la male heure où la suicidaire devient pendue. Ne sois pas comme ces chauves imbéciles qui attendent fébriles le printemps, pour que leurs cheveux repoussent avec l'herbe des prés. Tu pensais sans doute que j'allais ressusciter après un rude hiver d'écriture, et qu'à force de palabres la mort accepterait de me libérer comme une taularde en fin de peine ?

— Arrête de me faire parler !

On ne ridiculise pas à ce point une défunte. Tu me déguises de mots, tu me fais capeline d'adjectifs, et corsage d'adverbes. Je suis comme une caniche habillée par un maître libidineux d'une tenue de soirée, d'une rivière de strass, et d'escarpins à talons hauts qui la font trébucher à chaque pas. Un vieux pitre qui veut lancer sa bête dans le grand monde, et rêve qu'on l'invite au bal des débutantes comme la première pucelle venue.

Permets-moi mon ami à présent de me taire, de cacheter ma lettre, et de la jeter au néant qui achemine si bien notre courrier.

Chère Charlotte,

Vous souffriez, la vie devenait lourde. Vous me disiez que vous poussait un squelette de pierre. Les joies étaient rares, mais elles vous semblaient d'autant plus vives. Dans l'obscurité, le moindre rai de lumière éblouit. Dans les bras du skipper, vos orgasmes n'étaient pas si rares. Il y avait des dimanches matin où vous étiez heureuse de voir le soleil. Vous écoutiez encore de la musique à faire sauter la cabine, et certains soirs le trimaran fendait la foule d'une salle de concert pour que vous ayez de la samba plein les oreilles.

Début mars, le skipper vous avait acheté une clarinette dans une brocante. Vous aviez exhumé d'un carton la partition du concerto en *la* majeur de Mozart, mais il ne vous restait plus alors qu'une paire de semaines et vous n'avez pas eu le temps de le jouer tout entier. Le curé en a passé le premier mouvement à la fin de la messe de vos obsèques. Il était trop long, il n'en finissait plus, il a dû l'interrompre pour que les pompes funèbres puissent emporter votre cercueil au cimetière avant la nuit.

On finit par ne plus sentir les coups. Votre travail à la radio ne vous faisait même plus mal. Vous demandiez à tout le monde l'adresse de gens heureux, et vous montiez à des sixièmes étages pour l'aspirer de la bouche de vieilles cruches, de jeunes qui s'enfonçaient devant vous de la came dans les veines, de complètement gâteux hilares et hagards qui prenaient pour un bavoir la bonnette de votre micro. Vous vidiez votre magnétophone comme un carnier toutes les heures dans un cybercafé. Quand la directrice de rédaction était débordée, vos reportages filaient aussitôt sur les ondes sans avoir été montés.

Le soir, vous pleuriez trop. Le skipper en avait marre d'écoper vos larmes. Il ne vous écoutait plus, il abandonnait l'embarcation pour dormir au sec dans le lit d'une fille plus réjouie que vous. Il ne répondait pas à vos messages, et quand il revenait les cheveux blanchis par le kapok des oreillers de ses conquêtes, il vous jetait par-dessus bord. Vous n'aviez même pas envie de vous remettre debout, vous rampiez sur le quai, vous remontiez les boulevards en utilisant vos bras comme des pattes de tortue, vous vous sentiez aveugle, sourde, l'instinct guidait la progression de votre carcasse qui évitait au dernier moment les obstacles, traversait en esquivant les motos folles, les voitures déchaînées, qui bifurquait aux carrefours, empruntant une ruelle, un passage, pour que votre trajectoire demeure rectiligne, comme un trait tiré à la règle sur un plan de Paris.

Ce matin-là, je fumais une cigarette sur la terrasse avant d'aller me coucher. Je vous ai vue passer. On ne distinguait pas votre visage, mais je vous ai reconnue à votre manteau gris. Vous ne vous êtes pas arrêtée. Vous avez même négligé de tourner la tête vers l'immeuble. Vous avez poursuivi votre course, atteignant la rue de Bagnolet.

Parvenue rue Meursault, vous vous êtes redressée par saccades, et vous vous êtes remise debout. La clé n'avait pas roulé à terre malgré votre poche déchirée. Vous avez ouvert la porte. Vous avez dû vous cogner en pénétrant à l'intérieur, car vous avez renversé le chaudron de cuivre où l'on mettait les parapluies à égoutter. Votre père est descendu, il pensait à un cambriolage. Votre manteau était en lambeaux, comme si vous étiez vraiment une peluche grise dont le pelage n'avait pas résisté aux mauvais traitements d'un enfant agité. Votre père ne disait rien, mais vous lui avez répondu malgré tout.

— Le skipper m'a balancée.

Il a essayé de vous prendre la main.

— Je suis crevée.

Vous vous êtes enfermée dans le studio. Il a frappé avec son poing contre la porte. Il a tardé à la défoncer. Quand il est entré, vous étiez morte.

Mon pauvre amour,

Je n'ai jamais rampé de ma vie ! Je n'ai jamais été de ces femmes qui vivent à plat ventre et se déplacent comme des reptiles. Quand auras-tu fini de me diffamer ? Tu ne m'as pas aimée assez de mon vivant pour que j'accepte de boire ma honte et de me lessiver sans piper mot à chaque fois que tu me roules dans la fange. D'autant, qu'ici on cherche les buanderies avec une lanterne.

Comme je regrette de n'avoir plus de muscles à mes mâchoires, et de ne pouvoir te mordre. Tu mériterais que je t'envoie un diablotin pour qu'il t'encorne. Un ange flanqué d'un neuro-logue pour qu'il te prive de cerveau tout un week-end. Tu ne mérites pas tes neurones. Ta tête est un creuset d'alchimiste où ton imagina-tion me cuisine comme un fantasme. Avant de partir, j'aurais dû t'extorquer la promesse de ne jamais essayer de me mettre au gnouf dans un de tes livres.

— Et puis, ne me prends pas pour une pendule !

Je sais très bien que tu n'aurais pas tenu parole. Pour être tranquille, il aurait fallu que je t'emmène avec moi. À ton âge, je ne pouvais pourtant pas te laisser sous la garde d'une baby-sitter. Une pauvre élève de terminale, redoublante en série, encore boutonneuse malgré ses vingt-sept ans, que tu aurais sautée le premier soir où elle t'aurait donné ton bain. Espèce de bébé grisonnant, avec ton Mont-Blanc en guise de quéquette qui crache l'encre jour et nuit ! Le papier te sert de langes, tu devrais faire imprimer tes romans sur des couches !

Mon amour, si tu n'écrivais pas, tu en vaudrais un autre. Mais tu es un vieil obsédé, et tu n'auras jamais assez de volonté pour t'arrêter.

— Alors, vas-y !

Jouis, éjacule ta prose, profite de ma pendaison comme d'une aubaine. Recycle mon malheur, cruel écologiste, afin qu'aucune souffrance ne soit perdue. Mais, je t'en supplie, ne fais plus jamais de moi une tortue. Je suis restée sur mes deux pattes jusqu'au bout.

— Toi aussi, tiens-toi droit !

Ne rentre pas ta tête dans les épaules ! Raconte ma mort comme une bataille, une bataille perdue, mais la mort est toujours une déconvenue.

Allez, dors bien petit scribe. Et oublie-moi de temps en temps, ça te reposera. Tu m'oubliais si bien avant que je ne me pende.

Chère Charlotte,

Le 20 mars 2007, vous vous êtes levée à huit heures moins le quart. Vous avez pris votre douche, et vêtue d'un pantalon de velours bleu et d'un pull à col cheminée, vous êtes montée rejoindre vos parents. Vous avez pris une tasse de café avec eux. Il faisait froid, votre mère s'est plainte de cette chaudière qui en prenait à son aise, et s'arrêtait au milieu de la nuit pour ne se remettre en branle qu'au petit matin.

Vous aviez vu le skipper la veille. Il avait pris la peine de vous consoler une partie de la soirée. Vers dix heures, il était remonté sur le pont vérifier les amarres. Vous l'aviez surpris debout contre le mât agrippé malgré le vent froid à une jeune fille dont la parka était ouverte à deux battants. Vous aviez préféré rentrer ici dormir seule.

— Bonne journée, les rhododendrons.

— N'oublie pas, qu'on dîne avec toi demain soir.

Un repas pour fêter leurs vingt-cinq ans de mariage.

— Je ne pense qu'à ça.

Vous les avez quittés avec un sourire dont ils se sont souvenus par la suite.

L'air vous a paru moins vif dans la rue qu'à l'intérieur de la maison. Vous avez trouvé une place assise dans le métro. Vous avez posé sur vos genoux mon dernier livre que vous trimbaliez dans votre sac depuis plusieurs semaines. Même si vous lui reprochiez d'être aussi lourd qu'un sac de patates. Vous l'avez ouvert au hasard, mais vous aviez déjà lu cette histoire d'un amour en fin de course dont les protagonistes décident malgré tout de rester ensemble pour ne pas s'infliger l'un à l'autre la douleur d'une rupture.

Il y avait une nouvelle fille à la réception de la radio. La directrice de rédaction était absente, une rumeur dont personne ne connaissait la source voulait qu'elle soit allée faire une mammographie.

— Donc elle a quarante ans, et c'est une vieille.

On interviewait en direct la journaliste d'un magazine de mode. D'après elle, le bonheur était tendance ce printemps.

— Peut-être même plus que le blanchiment des dents et les mules en peau de poulain.

Vous étiez de bonne humeur, pour un peu vous auriez ri. Vous êtes allée prendre votre magnétophone, comme chaque matin les flics leur arme de service.

Il ne faisait pas si chaud, en sortant vous avez vu tomber quelques flocons de neige. Vous n'aviez pas envie de revoir les couloirs du métro, vous avez marché jusqu'à la place de l'Opéra.

Vous avez sorti votre micro devant une banque d'affaires du boulevard des Capucines. Entraient et sortaient des gens qui n'appréciaient pas cette façon de tendre la main pour mendier une parole dont ils semblaient être aussi avares que de dollars. Un homme dont la chevelure blanche était assortie aux rayures de sa veste, s'est servi de son cartable comme d'un bouclier de peur que vous ne lui fauchiez une syllabe.

Vous êtes allée au Café de la Paix. Vous avez trempé votre micro dans la tasse de thé d'une vieille femme. Elle s'est mise à hurler, comme si vous aviez profané une région assez intime de sa personne pour qu'elle puisse penser à un attentat à la pudeur. Vous avez fui avant que les serveurs interloqués n'aient eu la présence d'esprit d'appeler la police.

Vous êtes arrivée devant le Printemps du boulevard Haussmann. Vous n'étiez plus certaine d'avoir accompli ce forfait. Il vous semblait plus probable qu'au dernier moment vous ne soyez pas entrée dans le café de crainte d'être refoulée comme une malfrat venue voler les conversations des clients. Vous avez écouté vos enregistrements du matin. Vous avez entendu des bruits de tasses, de verres qui s'entrechoquent, et la voix d'une dame qui vous demandait poliment de ne pas la photographier.

— Vous comprenez, je suis ridée.

— On ne verra que votre voix.

— Je ne veux pas qu'on me voie du tout.

Elle devait craindre qu'un nouveau procédé ne permette de faire apparaître son visage en décomposant les fréquences de sa voix. Vous n'aviez pas pris la peine de la contrarier.

Vous avez allumé une cigarette. Elle était savoureuse, car vous vous étiez abstenue trois jours durant avec l'intime conviction que vous ne fumeriez jamais plus. Vous étiez grisée par la décharge de nicotine, comme si vous aviez bu un verre d'alcool. L'effet de la première bouffée s'est dissipé, vous plongeant dans un état d'intense lucidité, de panique. Votre vie était une succession de falaises, aux contours découpés, aux arêtes tranchantes. Un paysage glacé, polaire. Votre avenir était lumineux, il vous éblouissait. Vous étiez tétanisée comme un lapin surpris dans un fourré par la torche d'un gendarme battant en pleine nuit la campagne à la recherche d'un enfant kidnappé.

Vous avez décidé de démissionner. À force de brandir votre micro comme un appât pour essayer de capturer le bonheur, il était devenu un gagne-pain. Vous le détestiez comme un or que vous auriez été obligée de racler au fond d'une mine dans des galeries nettoyées depuis longtemps par des générations de forçats. Vous n'en récupériez que des particules impalpables, et de toute façon noyées comme des paillettes dans de la boue.

Si vos parents se lassaient de vous héberger, vous goûteriez à nouveau du Palais de la femme. Quand vous en auriez assez de réclamer du travail à des employeurs de mauvaise volonté, vous accepteriez même de faire carrière à l'Armée du Salut, en espérant prendre votre retraite avec le grade de sous-lieutenant.

Vous m'avez envoyé à midi un étrange message, me demandant si j'étais prêt à vous engager comme gouvernante de salle de bains. Je vous ai répondu le lendemain que j'étais prêt à vous offrir une place de technicienne de canapé. Vous étiez morte déjà.

Tête baissée, la main droite à hauteur de la bouche, la fille de la réception téléphonait en fraude sur son portable. Vous avez pris l'ascenseur avec un homme laid à la peau presque grise. On aurait dit qu'il portait la photocopie de son visage, réservant l'original pour des jours meilleurs. Vous êtes arrivée au premier étage. Il a appuyé sur le bouton du onzième, et il a disparu dans les cimes de l'immeuble.

Vous avez bousculé la fille de la météo. Elle avait les larmes aux yeux, à cause du temps pourri qui la décrédibilisait après les prévisions de beau fixe qu'elle avait données la veille par générosité pour ne pas assombrir davantage le moral des auditeurs déjà affecté par les mauvais chiffres du chômage. Elle vous a emprunté un mouchoir. Vous lui avez dit que vous alliez voir la directrice.

— La boss est toujours pas là.

Elle vous a dit qu'on la soupçonnait désormais d'avoir sombré dans la ménopause, et de se trouver à l'heure actuelle sur le billard d'une clinique des Batignolles où elle bénéficiait d'un lifting que son mari lui offrait pour la consoler.

— Je démissionne.

— Moi, j'attends qu'on me vire avec six mois de salaire.

— Tu lui diras que j'abandonne.

Elle a eu un mouvement de recul lorsque vous lui avez tendu votre magnétophone. Vous l'avez déposé par terre.

Après avoir rendu les armes, vous êtes partie. Vous avez descendu l'escalier à petits pas, comme on quitte les lieux d'un délit sans se faire remarquer avant de se fondre dans la foule. La directrice de rédaction prenait l'ascenseur au moment où vous débouchiez dans le hall d'entrée. Vous l'avez reconnue à sa longue tresse noire jetée sur son épaule comme un foulard. Mais elle vous tournait le dos et vous êtes passée incognito.

Vous avez commandé une salade à la terrasse chauffée d'un tabac. Vous ne l'avez pas touchée, et c'est à peine si vous avez bu une gorgée de Coca. Vous trituriez votre portable. Le skipper ne décrochait pas. Vous lui laissiez des messages amoureux, désinvoltes, irrités, ou carrément rageurs. Les gens autour de vous interrompaient leur conversation quand vous haussiez le ton.

Vous vous êtes aperçue dans le métro que vous étiez partie sans payer. Vous êtes descendue à la station Charonne. Il était environ quinze heures. J'étais absent. Vous avez sonné longuement à ma porte. La gardienne m'a dit le soir qu'une femme tracassée était entrée dans la loge pour lui demander si elle m'avait vu depuis la veille.

— Il est venu dans la matinée prendre un Colissimo.

— Tant mieux.

Vous avez semblé rassurée. Il est vrai que j'avais eu quelques semaines plus tôt une fausse alerte cardiaque. Vous craigniez peut-être une erreur de diagnostic, et la mort subite de l'animal les griffes recourbées sur les touches de son clavier. Ou alors vous ne donniez pas cher de mon goût pour l'existence, et m'imaginiez gisant dans mon sang à la cuisine après un hara-kiri artisanal.

Vous êtes descendue au sous-sol. L'odeur d'insecticide vous a fait tousser. Vous avez traversé les caves. Elles ressemblaient à des cachots. On aurait dit que certaines portes avaient éclaté sous les coups de tête de prisonniers rendus fous par l'isolement. Vous avez longé les allées du parking. Vous vous perdiez dans le labyrinthe de béton sale. Les voitures étaient alignées comme des barriques dans un chai.

Vous avez retrouvé la mienne, quatre roues comme les autres, mais cabossée, à l'arrière défoncé, et pour le moins pubère depuis qu'elle avait fêté l'été dernier le douzième anniversaire de sa sortie d'usine. Vous saviez que je ne fermais plus les portières, afin de laisser une chance aux indélicats d'oublier de briser les vitres pour me chaparder le tableau de bord. Vous vous êtes assise à la place du conducteur. Vous avez allongé le siège. Vous avez fait semblant de vous endormir, mais vous n'êtes pas parvenue à vous convaincre que vous dormiez.

Vous avez appelé le skipper. Vous n'accédiez pas au réseau. Retournant le téléphone, étendant le bras, vous avez pris une photo. Vos parents l'ont retrouvée après votre mort dans la mémoire de l'appareil. Une ombre de visage, une tête obscure sur fond noir, qu'on reconnaissait pourtant à sa forme, comme si on l'avait détourée. Cette photo mystérieuse, vous l'aviez peut-être prise par inadvertance, d'un mouvement brusque, involontaire, consécutif à une crise de nerfs. Vos parents l'ont effacée, ils préféraient conserver de vous des images éclairées et vivantes.

Le locataire d'un deux-pièces situé au rez-de-chaussée, vous a remarquée en venant chercher sa Peugeot neuve à laquelle il tenait plus encore qu'au cœur de motard qu'on lui avait greffé l'année précédente à l'hôpital Boucicaut. Il vous a soupçonnée d'être une héroïne de faits divers. Après l'avoir taquiné avec un cutter, vous alliez prendre la fuite au volant de sa bagnole, l'abandonnant ventre ouvert dans une flaque de tripes. Il s'est plié en deux, et marchant sur la pointe des pieds comme un discret primate, il a quitté le parking par la porte du local à poubelles qui se trouvait juste derrière lui.

Il a monté l'escalier en sautillant. Il a demandé à la gardienne de prévenir la police. Elle a refusé, car il avait déjà déclenché le branle-bas de combat la semaine passée pour un tas de cartons dans le fond du local à vélo qu'il avait pris pour une ombre tapie.

— Je vais quand même jeter un coup d'œil.

Il n'a pas souhaité l'accompagner. Et elle est descendue au sous-sol élucider cette nouvelle énigme.

Elle est remontée avec vous. Elle vous trouvait pâle. Elle ne comprenait pas pourquoi vous aviez éprouvé le besoin d'aller vous réfugier dans ma voiture.

— Je vais appeler un docteur.

— Je ne suis pas malade.

— Vous n'avez pas l'air dans votre assiette.

Elle vous a offert une tasse de café à la loge. Vous lui avez demandé si elle m'avait vu passer depuis tout à l'heure.

— Non.

— Vous croyez qu'il va bientôt rentrer ?

— Je n'en sais rien.

— En ce moment, il dort chaque jour chez lui ?

— Je ne sais pas.

— Il ne vous a pas parlé d'un déplacement, d'une signature à l'étranger, d'un séjour au ski ?

— Vous savez, il ne me parle pas beaucoup.

Vous scrutiez la grande vitre qui se trouvait derrière elle. De temps en temps, quelqu'un passait. Vieillard poussif ou jeune femme survoltée traînant un petit garçon en plein caprice.

— Vous croyez qu'il fait nuit ?

— Oh non, pas encore.

Elle a soulevé le rideau de la petite fenêtre qui donnait sur la pelouse de la cour intérieure.

— Il n'y a plus de soleil.

— Le soleil, on ne l'a pas vu depuis lundi.

Elle vous a versé une autre tasse de café. Vous l'avez bue d'une seule lampée. Les larmes vous sont montées aux yeux.

— Vous vous sentez mal ?

— Je me suis brûlée.

— Vous voulez un verre d'eau ?

— J'espère qu'on ne l'a pas transporté à l'hôpital.

— Pourquoi ?

Vous pensiez à deux personnes à la fois. Tout
en parlant, vous tapiez des SMS qui s'accumu-
laient dans la boîte de réception du skipper.
Vous vous êtes levée.

— Il est peut-être rentré sans que vous l'ayez
vu.

— Vous n'avez qu'à l'appeler.

— Merci pour le café.

Vous avez quitté la loge. Vous vous êtes
blottie dans le hall d'entrée. Vous avez fait le
guet. Quand vous avez vu la gardienne disparaître dans l'étroit couloir qui menait à son
logement, vous vous êtes précipitée jusqu'aux
ascenseurs sans être vue.

Inquiet d'entendre si souvent vos longs coups
de sonnette, mon voisin de palier est sorti de
son terrier. Il vous a examinée en silence, avant
de conclure que vous étiez apparemment une
maîtresse éconduite décidée à renouer quoi
qu'il en coûte. Il est retourné étendre sa lessive.

Sa machine n'avait jamais bien essoré, mais
loin de s'amender, elle s'était mise depuis quelque
temps à bâcler la besogne. Le linge dégoulinait
au sortir du tambour, et il était obligé de le

tordre dans la baignoire comme une lavandière, avant de l'installer sur les baguettes du séchoir.

La corvée terminée, il s'est accordé un whisky qu'il a bu debout, manteau sur les épaules, car il prenait son service à dix-huit heures dans une brasserie de la place de la République où il servait les buveurs jusqu'au matin.

En sortant, il vous a vue étendue par terre inerte. Vous aviez la tête sur le paillasson, une mèche de cheveux cachait vos yeux et votre front. Il n'a pas imaginé qu'à force d'attendre vous vous étiez effondrée petit à petit, et que vous vous étiez assoupie. Il se voyait déjà obligé d'aller déposer au commissariat pour rendre compte des circonstances dans lesquelles il avait découvert votre corps.

À nouveau mise à contribution, la gardienne est arrivée sur zone quelques minutes plus tard. Elle a répété à votre oreille *mademoiselle, mademoiselle*, et vous avez refait surface paisiblement. Vous vous êtes étirée en bâillant. Elle est encore persuadée aujourd'hui qu'ensuite elle vous a vue sourire. En tout cas, jusqu'à votre pendaison vous n'avez plus jamais souri à personne.

Vous êtes descendue avec elle. Vous lui avez dit que vous étiez enfin revenue à la vie après des années d'une angoisse qui ressemblait beaucoup à une longue maladie. Vous entamiez désormais votre convalescence.

— Je me sens légère.

Étrangement libre, aussi.

— Je suis très heureuse, ça fait du bien d'être née.

Dans le hall, vous lui avez souhaité une bonne soirée. Vous êtes même revenue sur vos pas pour la complimenter sur la couleur de ses cheveux.

— J'ai toujours adoré le blond vénitien.

— On dit plutôt que je suis châtain clair.

Vous restiez plantée devant elle dans le hall d'entrée. Vous auriez aimé qu'elle vous réponde, et vous invite à nouveau à faire salon dans la loge.

— Il faut que je sorte les poubelles.

Un sourire trop mal en point pour mériter ce nom a déformé votre bouche. Une petite grimace qui n'était pas parvenue à sortir de sa chrysalide, et la gardienne a parlé plus tard d'un rictus.

— Moi, je dois aller chez le coiffeur.

Vous êtes partie.

La neige était revenue avec la nuit. Vous avez traversé la rue. Vous êtes entrée dans un salon de coiffure devant lequel vous étiez passée souvent, et où vous n'aviez jamais mis les pieds jusqu'alors. Une cliente venait paraît-il de reporter son rendez-vous au dernier moment.

— Vous avez de la chance.

Vous avez quitté l'endroit rousse comme une feuille morte. Avec une coupe au carré, le visage comme encadré, prêt à être exposé dans la vitrine d'un marchand de tableaux, d'un antiquaire, d'un de ces photographes nés dans la première moitié du siècle dernier qui pratiquent encore l'art du portrait dans le fond de leur boutique.

Vous êtes arrivée rue Meursault à dix-neuf heures trente. Vous aviez acheté en route une bouteille de vodka que vous avez rangée dans le frigo de poupée du studio. Vous la boiriez cette nuit avec le skipper. Vous arroseriez votre liberté reconquise sur le trimaran qui cinglerait vers une destination inconnue, et vous découvririez au matin une baie turquoise où vous passeriez vingt ou trente ans de vacances, avant de devenir un couple de jeunes retraités dans un Paris qui aurait eu le temps de se bonifier, de devenir un lieu de villégiature où l'on prendrait le bonheur comme on prendrait les eaux. Un rêve mièvre, affreux, à se jeter du haut de la Tour Montparnasse.

Vous êtes montée à l'étage. Vous avez éclairé la lampe du guéridon. Sa faible lueur a plongé la pièce dans une atmosphère de chambre à coucher. Vous vous êtes étendue sur le canapé. Il y avait des vieilles cendres dans la cheminée qui dataient du week-end précédent. Vous n'aviez pas rengainé votre portable. Vos messages devaient commencer à plomber la mémoire du serveur. Bientôt, elle serait pleine jusqu'à la gueule, et on détacherait un bataillon d'ingénieurs pour la vidanger avant que les clients exaspérés ne décident de changer de crèmerie.

Vous auriez voulu pouvoir envoyer au skipper autre chose que du langage, autre chose que des cris. Lui envoyer des larmes, des baisers, et vous par petits morceaux, et vous petit à petit tout entière. Vous vous seriez reformée au fur et à mesure comme un puzzle, et vous auriez sauté dans ses bras quand il aurait ouvert sa boîte vocale. Vous ne l'aimiez plus, mais votre amour pour lui demeurait au fond de vous comme un réflexe.

Vous écoutiez son message d'accueil. Vous l'imaginiez scellé dans un cagibi de verre, et répétant inlassablement à chaque signal qu'il rappellerait dans les meilleurs délais, comme s'il était la voix du répondeur du service après-vente d'un magasin d'électroménager.

Vous avez allumé la télévision. Dernière publicité avant les infos, pour une marque de colle à dentier. Vous avez pensé à moi, qui peut-être en porterais un, à une époque où vous n'auriez pas encore fêté vos cinquante-cinq balais. Maintenant, votre inquiétude à mon sujet avait fondu, vous en aviez perdu la trace.

Votre obstination à tenter de joindre le skipper devenait mécanique. Vous ne preniez pas la peine de lui parler, vous tendiez le téléphone vers le téléviseur, lui envoyant des nouvelles de l'Irak, et d'une joueuse de tennis en rupture de ban, tombée dans la drogue et en désuétude.

Vous avez fermé les yeux. Vos paupières de pierre, vous étiez enfermée derrière. Vous retrouviez la guerre, l'ennemi dont les blindés défonçaient les remparts trop minces que vous aviez mis tant d'années à édifier. Votre armée reculait, beaucoup se battaient encore, mais il y avait déjà des escadrons entiers qui s'enfuyaient. À force d'épuisement, vos soldats étaient devenus lâches. Il vous a fallu du courage pour rouvrir les yeux, mais il vous en aurait fallu plus encore pour les garder clos.

Les publicités sont revenues. Un film est arrivé. Les dialogues ne sortaient pas des bouches. Un homme caché derrière l'écran soufflait les mots avec une paille. Quand vous étiez enfant, vous saviez bien que le téléviseur contenait des tribus qui campaient dans les contreforts de sa carcasse. Ces gens patientaient longtemps avant de faire une apparition parfois si furtive, qu'on avait à peine le temps de les apercevoir et pas celui de s'en souvenir. Au moment des actualités, les lèvres retroussées, un homme cravaté serrait les dents derrière une table. On ne voyait pas ses jambes, on les lui avait coupées, ou il n'en avait jamais eu. Il était terrorisé de devoir bientôt retrouver ses congénères dans l'obscurité de la caisse en plastique où ils cohabitaient dans la promiscuité la plus extrême.

Aujourd'hui, les progrès de la technologie

avaient rendu ces personnages inutiles. Ne restait plus que ce type avec sa paille. Il demeurait toujours planqué quelque part dans la maison comme un hors-la-loi. Il surgissait quand le son venait à manquer. Les phrases qu'il soufflait décrivaient une courbe dans les airs avant de retomber, et de se couler dans vos oreilles.

Quand vous avez éteint la télé, il a rejoint sa cache. Vous entendiez à peine sa respiration d'acteur essoufflé sortant de scène après un interminable monologue. Vous avez marché jusqu'à la cheminée. Vous avez tendu les mains au-dessus du foyer, comme si pour vous réconforter les cendres allaient redevenir braises. Vous ressentiez une forte chaleur, les cendres avaient peut-être gardé la mémoire du feu. À moins que le conflit qui embrasait votre cerveau ne vous ait donné la fièvre. Vos mains étaient moites, votre front brûlant, vos lèvres étaient prises d'un léger tremblement.

Vous êtes allée à la cuisine. Un ananas était étendu de tout son long sur la table comme une tête coiffée d'un ridicule chapeau vert qui se serait endormie. Vous avez pris deux sachets d'aspirine dans le grand tiroir où échouaient tôt ou tard tous les médicaments de la maison. Vous les avez dilués, vous avez bu la mixture. Vous vous êtes assise sur une des chaises en formica jaune citron achetées l'an dernier au vide-greniers de la rue Léon-Frot.

Vous est venue l'envie de jeter toute la nourriture de la cuisine dans un seau. De la broyer au mixeur, et de boire cette bouillie d'aliments jusqu'à tomber sur le carreau ivre de bouffe, définitivement nourrie. Si par hasard vous ressuscitiez, vous videriez votre estomac gros comme le monde dans le trou sans fond des toilettes.

Le monde vous entourait. Vous n'étiez pas dessus, posée sur la planète. Vous étiez dedans, femme, fillette, pétale humain arraché à l'espèce, plus attaché à la fleur, plus attaché à rien, perdu au milieu d'un tourbillon de villes, de verdure, du bleu des mers, du passé, avec les monuments détruits, les ossements fossilisés d'espèces englouties, et le maelström de l'avenir, cette tragédie potentielle.

Vous cligniez des yeux le moins possible, de crainte qu'ils n'en profitent pour ne plus se rouvrir. Vous tentiez de rester en marge de ce conflit, de n'être de vous que l'écorce. Une écorce de plus en plus fine, une pellicule de conscience, une rosée qui perlerait sur votre front comme de la sueur.

Vous alliez balancer votre cerveau comme une vieille éponge gorgée d'une huile usée, noire, lourde d'une angoisse capable de boucher les canalisations du quartier. Vous le tordriez peut-être avant de vous en débarrasser, mais pas la moindre goutte ne tomberait dans l'évier, et quand vous essaieriez de le rincer à grande eau il ferait la forte tête, refusant de se laisser nettoyer comme un bébé furieux qui regimbe devant la douche.

Vous n'aviez même plus peur de la folie, la folie vous aurait permis de vous envoler, de changer d'enfer, d'avoir l'impression de fuir en passant d'un désespoir à l'autre. C'est exaltant de déménager, le ciel a beau rester maussade, on le voit d'un autre coin de rue, et si d'aventure un soir on se jette dans le vide, ce sera d'une autre fenêtre.

Votre portable a sonné. Une collègue de travail vous appelait d'Orly. Elle embarquait dans dix minutes pour le Soudan. Il devait bien se trouver là-bas des gens heureux d'exister malgré la famine et la guerre. Contre toute attente, elle avait entrepris pour vous une démarche auprès de la direction, et avait obtenu votre grâce. Votre rébellion du matin.

— La démission que tu as donnée dans le couloir à Mélanie.

Serait sanctionnée d'un simple blâme assorti d'une mise à pied de quatorze jours. Vous receviez un recommandé d'ici la fin de la semaine.

— Profites-en pour partir en vacances.

Elle avait vu des prix cassés sur lastminute. com. Vous pouviez aller bronzer aux Antilles pour le prix de trois paires de chaussures et d'un lave-vaisselle en promotion.

— Je vais être obligée de changer le mien.

Vous ne disiez rien, vous ne l'écoutiez pas. Vous teniez l'appareil à deux mains, vous le regardiez. Sa voix sortait comme des ronds de fumée, signaux d'une tribu dont vous ne connaissiez plus le langage. On vous donnait sans doute des nouvelles d'un village lointain où vous ne mettriez plus jamais les pieds. Les gens de votre passé persistaient à y séjourner, à bruire, à danser, à pleurer les jours de pluie avec le ciel, à chercher à se plaire les uns aux autres, comme s'ils avaient besoin pour continuer à avoir le courage de remuer de se sentir aussi désirables qu'une tarte aux fraises dans la vitrine d'une pâtisserie.

— Je vais en profiter pour acheter des clopes au duty free.

L'embarquement était retardé. Elle vous a gardé en ligne, vous auriez pu l'entendre marcher d'un pas précipité vers la boutique.

— Ils n'ont plus de cigarettes à la menthe.

Elle s'est laissé tenter par un coffret de blush.

— J'en avais plus, et question d'en trouver au Soudan.

Le Chivas la tentait, mais l'alcool était interdit là-bas.

— Un coup à me faire lapider comme la dernière des pouffes.

Mais, pourquoi pas du chocolat.

— Les plateaux-repas sont toujours pourris.

Un déodorant de rechange.

— On transpire à mort au Soudan.

De l'eau de parfum.

— Si ça pue trop dans les rues, j'en foutrai sur un mouchoir et je me le collerai sur le nez.

Elle s'est souvenue que l'été dernier elle avait pelé.

— En plein sur le décolleté.

Elle a mis dans son panier un tube d'écran total. Elle vous a demandé si vous connaissiez un bon dermatologue.

— La mienne est tétraplégique.

Un accident de la circulation.

— Une fille à la vue basse, on aurait jamais dû lui donner le permis.

Vous regardiez vos doigts posés sur la table. Vous vous en rapprochiez. Vous avez posé sur eux votre front. Vous avez laissé tomber votre tête. Vous l'avez laissée là, sur la table, dans la même position que l'ananas. Le portable est tombé sur le sol.

— C'est quoi ce bruit ? Tu fais la cuisine ?

Elle serait de retour mercredi. Sa voix ne montait pas assez haut pour que vous puissiez l'entendre. De toute façon, vous n'aviez plus aucune idée des jours de la semaine.

— On pourra déjeuner ensemble quand tu rentreras de vacances.

Vous aviez de la chance d'aller buller toute une semaine aux Antilles. Elle n'aurait sûrement pas le temps de se baigner à Khartoum. D'ailleurs, la mer Rouge l'avait toujours effrayée.

— Autant faire des brasses dans un massacre.

Elle n'était pas du genre à prendre des bains de sang comme les coquettes de la Rome antique. Elle riait. Son rire montait du portable comme un petit jet d'eau, et retombait en pluie sur les carreaux de terre cuite.

— Je ne sais plus où est passée ma carte d'embarquement.

Elle l'a retrouvée toute froissée dans son poudrier.

— C'est bizarre, quand même.

Il avait dû s'ouvrir dans les profondeurs de son sac, et à la suite d'un choc il s'était refermé sur la carte comme une bouche.

— Je crois que j'ai entendu mon nom.

Elle a couru jusqu'au comptoir.

— Je t'embrasse, et surtout repose-toi bien.

Elle a raccroché, et s'est engouffrée dans le tunnel jusqu'à Khartoum.

Vous avez entendu s'ouvrir la porte du rez-de-chaussée. Vous êtes sortie de votre torpeur. Vos parents étaient de retour. Ils avaient dîné chez un ami dont vous n'arrêtiez pas d'entendre parler depuis qu'il avait gagné au loto de quoi s'acheter un hameau en Ardèche et une maison rue Croulebarbe.

Ils parlaient fort, gaiement, comme des jeunes qui auraient bu des bières. Vous vous êtes souvenue qu'un soir de votre enfance vous aviez repeint le salon en orange avec votre sœur pendant qu'ils étaient au cinéma. En découvrant la catastrophe, ils s'étaient crus en droit de vous voler dans les plumes jusqu'à ce que vous soyez prêtes à cuire comme des poulettes. Au dernier moment, ils vous ont graciées. Vous vous souveniez même qu'ils étaient venus vous embrasser dans votre lit. Depuis, vous aviez toujours préféré habiter des pièces aux murs griffés, fendillés, couverts de plaies et de bosses, propres malgré tout à force d'avoir été lessivés, plutôt que d'approcher le moindre pinceau.

En voyant de la lumière au salon, vos parents vous ont appelée. Vous ne leur avez pas répondu. Ils sont entrés dans la cuisine. Vous aviez le dos bien droit, la tête d'aplomb sur le bout du cou comme un abat-jour sur une lampe. Votre mère a dit plus tard que vous aviez une étrange couleur blanche, et votre père que vos yeux avaient la fixité de ces prothèses qu'on met dans les orbites des borgnes.

— J'ai rompu.

Vous vous êtes penchée pour ramasser votre portable.

— Il me trompe.

Vous n'avez pas eu l'indulgence de penser à toutes les nuits que vous aviez passées dans mon lit ces derniers temps. Vous n'aviez plus aucune indulgence, vous n'aviez plus grand-chose qui vous appartienne. Vous n'étiez plus qu'un petit brin de vous, la guerre vous avait dépouillée, vous laissant pour exister un territoire exigu, un enclos dont les barrières allaient voler en éclats sous les coups de boutoir des troupes ennemies.

— Je vais me coucher.

Vous avez donné une gifle à l'ananas qui a roulé sur lui-même et s'est immobilisé au bord de la table.

— Je n'ai pas faim.

Vous avez quitté la pièce. Vous marchiez vite, vous traversiez le salon comme une rue sous l'averse. Vous alliez sauter d'un bond au bas de l'escalier, comme s'il n'avait eu qu'une seule marche. Mais vous l'avez descendu avec une lenteur soudaine, en vous tenant à la corde usée qui servait de rampe.

Vous avez refermé doucement derrière vous la porte du studio, pourtant il n'y avait pas d'enfant à l'intérieur dont vous auriez pu écourter la nuit.

Vous vous êtes allongée dans l'obscurité. La lumière du portable éclairait votre visage. Vous envoyiez des messages. Ils traversaient subrepticement Paris. Pas comme ces tonitruantes fusées de détresse que tirent les marins dans un naufrage. Le skipper avait mis la barre sur pilote automatique. Il dormait seul dans la cabine. Le trimaran avait dépassé la mer du Nord, la Norvège, et arrivé au pôle il était tombé dans l'espace. Il tournait maintenant autour de la Terre, mais le plafond, le toit, les nuages, la réverbération de la ville, vous empêchaient d'apercevoir ses voiles. Vos messages se perdaient avant de gagner la stratosphère, et ils finissaient par tomber dans un océan, dans les neiges éternelles de la cordillère des Andes, ou à São Paulo au milieu d'une place animée sous le soleil de midi, et personne ne remarquait vos mots qui s'évaporaient aussitôt en atteignant le goudron brûlant.

À l'étage, votre mère cherchait des raisons d'espérer. Elle vous imaginait requinquée par un homéopathe, un sophrologue, ou un de ces sorciers asiatiques qui plantent leurs banderilles le long des méridiens de la mélancolie afin d'endiguer ce flot de bile noire venu du fond des âges pour empoisonner notre espèce. Votre père n'imaginait rien. Il se taisait.

À une heure du matin, ils sont allés se coucher. Un sommeil léger, diaphane, un nuage d'inconscience flottant au-dessus de leur désarroi. À travers, ils vous voyaient telle que vous leur étiez apparue dans la cuisine, gravée à l'eauforte à même la pierre de votre visage. Ils étaient pourtant sûrs qu'ils dormaient. Ils reconnaissaient le sommeil à ses cauchemars.

Vous veniez de vous passer du rouge à lèvres dans l'obscurité. Vous avez allumé l'ordinateur de votre père. Une clarté bleutée régnait dans la pièce. Ces derniers temps, vous aviez commencé à écrire vos Mémoires. Une vingtaine de lignes, un document dont le nom de code était

Manteau de mousse. Vous en étiez à peine au prélude, quand votre père biologique pénétrait dans le lit où votre mère attendait frissonnante qu'il vienne déposer du bout de son pénis cette petite bête qui allait grossir neuf mois dans son ventre, et se pendre tout à l'heure. D'un clic, vous avez tout effacé. Puis, vous avez fait réapparaître le texte avant de fermer le document.

Vous avez pris la bouteille de vodka dans le frigo. Vous l'avez emportée à la salle de bains. Vous vous êtes reflétées toutes les deux dans la glace. L'étiquette était du même *rouge baiser* que votre bouche. Vous veniez de décider une nouvelle fois de ne pas vous rendre. Refuser de boire, garder intacte votre lucidité, rester aux aguets, résister au dernier assaut, et retarder votre exécution. Mais vous pouviez soudain changer d'avis, fracasser votre crâne contre le miroir, le mur, à le faire exploser comme un magnum de champagne qu'on balance sur la coque d'un paquebot pour le baptiser. Vous avez cogné la bouteille contre le lavabo. Un éclat de verre vous a entaillé la joue. Vous avez essuyé le sang du bout du doigt.

Votre mère se souvient d'avoir entendu par deux fois la porte d'entrée s'ouvrir et claquer. Elle pense que vous êtes allée marcher, courir, afin de tenter d'épuiser la bête, d'obliger à votre retour le corps à s'endormir, et l'empêcher de collaborer à cet assassinat.

Il a eu lieu peu avant sept heures et demie. Le réveil a sonné là-haut quand votre mère est entrée dans le studio où vous reposiez sur la moquette, tête dans les poings, jambes repliées, chaude, les yeux fermés, tranquille, comme un bébé qui n'a pas encore pris la peine de naître.

Mon pauvre amour,

On dirait vraiment que je me suis suicidée pour ton plaisir d'en faire toute une histoire, une histoire sordide comme tu les aimes tant. Je me suis pendue à ta place, car tu es trop douillet, trop couard, et tu aurais eu trop peur de te rompre le cou. La mort aurait pu gâcher ta joie de raconter ton supplice. Tu veux bien être un martyr, à condition de pouvoir t'en vanter.

— Petit pêcheur marseillais !

Tu tiens la mort au bout de ta ligne, et tu la jettes dans un livre comme un poisson au fond d'une épuisette. Tu t'épuises à force de la brandir à travers les rues du Vieux-Port pour que le dernier des minots sache que tu as eu le courage de l'approcher, de te frotter à elle, comme un gamin se vante à la récréation d'avoir chatouillé la motte d'une copine. Qu'on en finisse, ne me fais pas durer plus longtemps. Enterre-moi. Que je repose.

Quant à toi.

— Va donc te coucher !

Et demain, regarde passer le temps, ne vis plus en rêvant de laisser à chaque instant derrière toi une traînée de mots poisseuse comme bave d'escargot. Prends donc de la verveine, au lieu de tout ce thé, écoute le silence, essaie de l'imiter.

— Tu peux même m'oublier.

Il n'est pas bon de se souvenir des morts. Il fallait s'en souvenir avant. Eux aussi n'avaient qu'à se souvenir de vous quand ils avaient une mémoire. N'oublie pas qu'en passant de vie à trépas, ils vous ont oubliés à jamais. C'est eux qui ont commencé, volontairement, par faiblesse, imprudence, vieillesse, ou laisser-aller. Ils ne sont pas admirables d'avoir vécu, et ils sont méprisables de n'être plus. Les absents sont inexcusables. Réjouis-toi avec ceux qui restent. On n'a jamais festoyé qu'avec une bouche, un ventre. On n'a jamais aimé qu'avec un cœur qui bat, un sexe au garde-à-vous, ou presque palpitant à force d'être vivant, à force d'être le contraire de ce que nous sommes dans nos tombeaux, dans nos urnes, dans les jardins où on a disséminé nos cendres.

Je cachette cette lettre à tout hasard, pour avoir la conscience tranquille. Mais on mur-

mure que les anges sont en vacances, et de postiers nous n'en avons pas d'autres. Ce sont des sortes de pigeons voyageurs, ils se laissent tomber dans vos cheminées comme des Pères Noël. Et ceux qui comme toi vivent dans des logis sans âtre, ne peuvent de toute façon espérer recevoir le moindre courrier venu de nos contrées. Si un jour tu prétendais avoir en ta possession la moindre dépêche de moi oblitérée dans l'au-delà, ce sera vantardise, mensonge, forfaiture !

Allez, je t'embrasse, mon amour. Puisque, au fond, tu t'aimes bien assez pour t'embrasser toi-même.

Chère Charlotte,

Votre père est descendu vêtu d'une robe de chambre dont la ceinture pendait derrière lui. Il a appelé les pompiers. Ils sont arrivés dix minutes plus tard. Votre mère serrait toujours dans ses bras votre corps. Ils le lui ont pris. On lui a demandé de quitter la pièce. Ils ont entrepris un massage cardiaque, vite interrompu par le médecin quand il s'est rendu compte que les cervicales étaient brisées. Il a jugé votre mort suspecte, et coché sur le certificat de décès la case *obstacle médico-légal au permis d'inhumer*. Il a prévenu la police.

Vos parents s'étaient assis dans l'escalier. Les larmes coulaient sur le visage de votre père. Votre mère respirait comme une vivante. Elle a même sursauté quand les flics ont déboulé dans la maison. L'identité judiciaire a pris des photos, relevé des empreintes. On vous a emportée sur une civière bâchée. Un policier a retenu votre mère qui voulait partir avec vous.

L'inspecteur est monté à l'étage avec vos parents. Il leur a signifié le début de leur garde à vue. Il a fumé une cigarette à la fenêtre en attendant qu'ils soient habillés. De la main gauche, il fouillait la messagerie de votre portable qu'il avait ramassé au pied du lit. Il ne leur a pas passé les menottes. Ils ont quitté la rue Meursault dans sa 307 de service.

À leur arrivée au commissariat du XXe, on les a séparés. Ils ont été interrogés durant sept heures dans des bureaux contigus. La thèse de l'homicide était fragile. Celle du suicide l'était aussi.

Les innombrables messages que vous aviez envoyés au skipper pendant la nuit ont attiré l'attention sur lui. On a essayé en vain de le joindre. Son téléphone était tombé à la mer en début de soirée tandis qu'il virait de bord au large de la Bolivie. Il a été localisé entre deux satellites espions qui prenaient son trimaran pour un OVNI. Un groupuscule de spationautes furieux d'avoir été dérangés en plein ménage de leur station orbitale devenue une véritable porcherie après le pot de départ d'un stagiaire, l'ont parachuté vers midi sur le parking du commissariat.

Une jeune policière peu amène lui a appris

votre suicide. Il a réussi à garder le sourire pendant qu'elle l'interrogeait dans une espèce de cage en aggloméré dont l'unique vitre donnait sur un fond de couloir. Il regrettait que vous ayez risqué par votre geste de mettre son équilibre en péril.

— Mais je tiendrai le choc.

On l'a confronté à vos parents. Ils avaient fini par être rendus l'un à l'autre après avoir signé leur déposition. Avant de rentrer chez lui, l'inspecteur a décidé de classer l'affaire. Ils ont été libérés tous les trois. Le skipper a proposé à votre père d'aller faire plus ample connaissance dans un bar à vins où vous alliez parfois prendre un verre ensemble. Il ne lui a pas répondu, mais il a compris qu'il n'avait pas soif.

Vous étiez à présent quai de la Rapée, rangée dans un tiroir de l'institut médico-légal. Les ambulances apportaient des clochards noyés, des gamins asphyxiés, des mamies éventrées, des corps accidentés aux visages comme des pizzas, et même un grand singe habillé, que lors de l'incendie d'un squat les secouristes avaient pris pour un petit barbu. Vous étiez désormais une des passagères de cette morgue pieds dans l'eau, qui semble prête à partir voguer sur la Seine comme une péniche.

Vous n'avez été enterrée que neuf jours plus tard. Vos parents vous ont rendu visite chaque matin. On vous avait transférée dans une pièce tranquille comme une salle des coffres. Un employé ouvrait votre tiroir, et ils s'approchaient sans faire de bruit. Ils devaient avoir peur de vous réveiller. Pendant un moment, ils vous tenaient compagnie comme à une enfant malade. Ils vous parlaient peut-être en silence, mais ils ne prononçaient pas un mot. Vous n'étiez plus là, pourtant votre corps intact était quand même vous.

Puis, ils rentraient rue Meursault. Le commercial des pompes funèbres s'asseyait à côté d'eux sur le canapé. Il ouvrait son cartable, et avec une tristesse professionnelle admirable, il leur tendait un catalogue pour qu'ils vous choisissent un cercueil. Votre sœur arrivait d'Angleterre avec son sac à dos pour tout bagage. Votre grand-père appelait du Berry pour annoncer qu'il venait d'acheter une concession. Le marbrier avait promis que la tombe serait prête le jour des obsèques. Votre tante avait vu le curé du village, la messe aurait lieu comme prévu à quatorze heures trente. Elle avait réservé la salle des fêtes de la mairie, afin que la famille puisse se réunir après l'inhumation.

— Je mettrai sa photo sur une table, et un cahier où tout le monde pourra écrire un mot.

On sonnait. Une cousine exaltée faisait irruption dans la maison avec des lys. Elle était déçue que votre dépouille ne soit pas exposée dans une chambre. Un ami, un parent, quelqu'un dont personne ne savait grand-chose, venait se recueillir le soir et brûler de l'encens dans le studio.

On avait rendu votre portable à vos parents. Votre père appelait consciencieusement tous les numéros de votre répertoire.

— Il est arrivé un grand malheur, Charlotte s'est pendue.

Parfois, quelqu'un accusait le monde du travail, les souvenirs d'enfance, l'air du temps, de vous avoir asphyxiée.

— Nous n'en savons rien, nous devons respecter son geste.

Il raccrochait. Son calme était de la rage. Une rage sourde, continue, contre personne, contre la mort à qui on n'enverra jamais de tueur à gages. Il regardait votre mère dans les yeux, et hurlait qu'il allait se foutre en l'air lui aussi. Votre sœur quittait la maison hébétée. On la ramenait. On appelait un médecin pour qu'il lui administre un calmant.

Vendredi 30 mars 2007, tout le monde se réveille avant l'aube. Du café, du pain beurré, avalés comme un remède pour tenir le coup. La levée du corps, quai de la Rapée. Malgré d'interminables démarches, le skipper n'a pas récupéré son trimaran perdu là-haut. Il arpente la Seine dans une barque. Il souffle cahin-caha une marche funèbre dans une cornemuse. Il n'ose pas mettre pied à terre et vous approcher.

Votre mère que je n'ai encore jamais vue, me prend dans ses bras. Puis m'entraîne dans la cellule où vous reposez à présent sur le capiton blanc. Elle me tient par la main, la serre. Elle me dit une phrase dont je ne me souviens pas. Mais je comprends alors que j'ai été un homme qui a compté dans votre vie. Il y a dans le cercueil un mouton en laine, une poupée à la frimousse tachée de feutre, des petits jouets usés.

— C'est sa sœur qui les a mis.

Votre sœur que votre père tire à lui pour qu'elle vous lâche, et laisse les employés poser le couvercle. Je vous embrasse sur la bouche avant qu'on ferme la boîte. Les employés vous emportent. On vous suit dans le grand vestibule sombre et blafard. Dehors, une famille maghrébine attend qu'on lui laisse le champ libre pour aller pleurer son mort dans une autre cellule. On vous glisse dans le fourgon. Votre père me dit que le transfert sera long.

— La vitesse des corbillards est limitée.

Votre mère me trouve mal en point.

— Ne prenez pas votre voiture.

Elle demande à un collègue de bureau de se charger de moi.

— Je te le confie.

Il me prend par l'épaule. Il est garé boulevard Bourdon. L'autoroute. La petite église étrangement bondée dans un village qui semble inhabité. Les gens de la radio ont affrété un car. On dirait qu'ils sont tous venus, et qu'ils ont éteint l'émetteur en signe de deuil. La messe se passe, la messe est dite. Nous vous suivons en procession jusqu'au cimetière. Quelqu'un parle dans mon dos.

— C'est quand même mieux qu'il ne pleuve pas.

On vous dépose au fond du trou.

Mon pauvre amour,

Tu m'enterres bien vite. Des obsèques fou-
droyantes après une mort subite. Te voilà pressé
d'en finir avec ce sinistre récit. Mais, moi je me
souviens que vous m'avez offert une journée
entière de l'aube à la nuit. Toi aussi, cette journée tu me l'as donnée. De la part d'un type si
avare de son temps, c'était vraiment touchant.
Je profite de cette lettre apocryphe pour t'en
remercier.

Tu aurais pu apporter un bouquet, une rose.
Même si tu penses du mal des fleurs, et si tu
trouves vulgaire d'en offrir aux morts. Tu ne
m'avais pas écrit non plus le moindre éloge
funèbre, le plus petit des compliments. Tu aurais
pu au moins réciter une poésie, comme tu le
faisais écolier pour la fête des Mères. Décidé-
ment, il ne faut pas trop t'en demander.

À la morgue, tu as hurlé des imprécations contre ceux qui ne m'avaient pas assez aimée. Tu avais une poutre dans chaque œil, et trois personnes tombaient à la renverse à chaque fois que tu remuais la tête.

Quand j'ai été rangée dans le caveau, tu as pris la parole le visage souillé de larmes et de morve, pour me remercier d'avoir vécu. D'après toi, certains avaient plus de mérite que les autres de décider chaque matin qu'ils vont continuer à exister. Tu as dit qu'à présent j'étais dans les bras de Dieu.

— Des bras adorables où on se complaît.

Tu avais dû trouver cette phrase sur un site intégriste.

Si la rigidité cadavérique n'avait pas entravé mes mouvements, je t'aurais applaudi. Mon bel athée ! Mon catholique qui ne croit en rien ! Mon pleurnichard adoré ! Les averses de larmes tombaient sur mon cercueil, tambourinant comme des giboulées. Il n'avait jamais autant plu dans ce petit cimetière depuis plusieurs années.

Pendant huit jours, les caniveaux de la rue de Charonne avaient débordé de tes sanglots, et les bouches d'égout n'en pouvaient mais. Un camion a glissé sur une coulée de larmes, éclaté la vitrine du salon de coiffure, et tué la femme qui m'avait coupé les cheveux pour la dernière fois.

À force d'être arrosé, ton parquet pourrissait.

Tu pataugeais dans le salon en savates et peignoir de bain comme un fou de Dieu dans un marécage. Tu téléphonais à des amis, des connaissances, des candidats à la présidence de la République, des chefs d'État du bout du monde dont les secrétariats renvoyaient tes appels à des attachées de presse éberluées, à des prêtres, des rabbins d'Asie centrale, des moines de Patmos, des religieux de toutes sortes que tu réveillais en pleine nuit pour leur demander de prier pour moi.

Tu ne leur laissais guère le choix. On peut refuser la pièce à un clochard, mais refuser une prière pour le salut de l'âme d'une désespérée ? Toutes ces prières que tu as exigées de ces pauvres gens tétanisés à qui tu intimais l'ordre de s'agenouiller, de se prosterner, de supplier le Seigneur de m'épargner la cuisson de l'enfer, et d'abréger mon séjour au purgatoire où sous prétexte de me purifier on m'infligerait des mauvais traitements dignes d'une maison de redressement du siècle passé.

Tu ne pouvais pas prier toi-même.

— Je ne suis pas croyant.

— Alors, pourquoi réclamer des prières ?

— C'est un mystère.

Un nouveau mystère de la foi que tu venais d'inventer, auquel n'avait jamais pensé saint Augustin !

— Tu sortais.

Ta boussole était détraquée. Tu descendais

jusqu'à la Bastille, tu remontais vers le nord, et avachi sur le parapet d'un pont tu regardais couler les voitures sur le périphérique. Tu finissais la journée au Quartier latin à la recherche de la Grande Mosquée. L'imam ne te refuserait pas la prière des morts, et s'il se trouvait par hasard un ayatollah dans les parages, il aurait probablement les coordonnées du pape dans son carnet d'adresses. À force de palabres, il accepterait peut-être de concélébrer avec lui une sorte d'office au nom d'un nouvel œcuménisme dont mon erratique vie intérieure et ma pendaison auraient constitué la genèse.

Tu as échoué à l'Institut du monde arabe, et tu as tournoyé dans la salle des pas perdus comme un derviche. Tu t'es réveillé le lendemain dans ton lit. Aujourd'hui encore, tu ne te souviens plus comment tu as pu rentrer sans avoir été embarqué par les flics et déposé aux urgences de l'hôpital Sainte-Anne.

Tu n'avais pas cessé de m'envoyer des mails, à charge pour moi de les réexpédier vers le tribunal du ciel pour qu'il me prenne en pitié. Tu confondais les tuyaux d'Internet avec les voies de Dieu qui sont aussi impénétrables aux saints et aux fidèles, qu'aux mécréants de ton espèce. Quand des mois après mon départ, mes parents les ont découverts en dépouillant mon ordinateur, ils auraient bien aimé pouvoir me téléphoner pour me recommander de ne plus fréquenter pareil halluciné.

Tu m'as tant pleurée, que j'ai eu honte pour toi. Je t'ai vu à travers le bois de mon cercueil entrer dans l'église comme un bouffon de mélodrame, tout dégueulassé de sanglots, hoquetant et rouge comme un coquelucheux. Tu aurais pu mettre une cagoule, des lunettes noires, un masque de Mickey, ou même rester à la maison à pleurnicher proprement sous la douche. Les morts ne se désaltèrent pas aux yeux des vivants, qu'ils gardent donc le jus de leurs glandes lacrymales pour saler les routes !

Quel fier service je t'ai rendu en partant avant la fin du carnaval ! Pour la première fois de ton existence tu as eu l'impression d'avoir coulé sur ton cynisme un sarcophage de béton ! Tu te sentais au faîte de la gloire ! Tu portais la mort sur tes épaules, comme si tu étais devenu le demi-frère du Christ ! Le bâtard que Dieu aurait eu sur ses vieux jours avec une pleureuse ! Homme de peu, homme de pleurs ! Tu es resté mégalomane jusque dans le chagrin !

Ton chagrin, tu ne pouvais pas le garder pour toi ? C'était un bien triste trésor, mais c'était un trésor quand même. Tu l'as dilapidé ! Tu voulais le voir scintiller de Paris à Jérusalem, avec toutes ces prières comme des flambeaux, le long des routes, des mers, des rues, des villages, et des mégalopoles ! Ton chagrin, tu voulais que tout le monde le goûte ! Fasse claquer sa langue, le mâche, le déguste, avant de le recracher pieusement dans le premier lieu de culte venu !

— Pervers ! Tu m'as exhibée !

Le chagrin n'est pas un feu, les larmes ne peuvent pas l'éteindre. Tu aurais pu me pleurer sans qu'elles coulent, il y a des gens qui ne transpirent pas au soleil. Tu aurais pu te taire, sous la torture certains ne parlent pas et c'est à peine si on les entend crier.

Tu ne pouvais pas empêcher ton cerveau de faire des mots, mais tu aurais pu te garder de les écrire. Il est encore temps pour toi de les effacer, d'annuler toutes ces lettres. Mais tu n'auras pas cette générosité. Tu me donneras en pâture, tu me vendras. Je deviendrai une marchandise, on me mettra un code-barres sur le dos. Je finirai à l'état de billet, de pièce de monnaie. Pour tout dire, j'aurai un prix.

— Je te rapporterai, petit mac !

Tu ne seras pas le premier, Hugo vendait sa fille. Adèle s'est noyée, Charlotte s'est pendue. Elle a fini dans un poème, et je finis dans un roman. Elle est passée à la postérité, et moi plus modestement par ton entremise, je passerai peut-être à la télévision. Car il faudra bien que tu t'expliques, que tu passes aux aveux. Tu diras que je suis une fiction, une femme sortie tout habillée de ton imagination. On fera semblant de te croire, les gens sont polis et bien trop occupés pour ne pas s'en foutre. Abstiens-toi au moins de pleurer, montre-toi digne de Charlotte qui jamais ne fut une poule mouillée.

Je t'embrasse. Après tout, pour une fois on peut bien inverser les rôles, et embrasser Judas. À part moi, qui pourrait t'en vouloir d'être un traître ? Sans mort, sans trahison, les histoires d'amour sont fades.

Chère Charlotte,

J'ai fait ce que j'ai pu. J'ai écrit parce que je
ne sais pas composer de musique. Un concerto
aurait été moins impudique, plus élégant. Un
requiem aurait été de circonstance, et les paroles
seraient venues du fin fond du Moyen Âge,
mystérieuses et anonymes. Si j'avais eu une
once de foi, ou si j'avais été assez lâche pour me
réfugier dans le surnaturel par peur du mauvais
temps, à tout hasard je me serais prosterné. J'ai
essayé en vous écrivant une histoire de dompter
la mort. Vous savez bien que je n'y suis pas parvenu.

C'est la fin décembre, le 23, et à pareille
heure l'an dernier vous partiez pour Amsterdam.
Je ferme ce livre comme un chirurgien recoud
malgré tout la plaie qu'il a ouverte après l'opé-
ration invraisemblable d'une jeune morte dont
il espérait la résurrection. Les écrivains sont si

prétentieux, que l'impossible leur semble à portée de main. Ils sont opiniâtres, de mauvaise foi, et de leur plus lamentable défaite, ils veulent se targuer comme d'une conquête.

Permettez-moi donc de vous demander un dernier service. Faites semblant encore de me répondre. Accordez-moi la satisfaction d'un dernier caprice. Permettez-moi d'être odieux une dernière fois.

— Dites-moi, que ce roman, j'ai eu raison de l'écrire.

Ma demande est ridicule. Mais un écrivain doit accepter de sombrer dans le ridicule, autrement il ne serait même pas un humain.

Mon pauvre amour,

Je suis moins humaine que toi, l'humanité est un état passager. Tu me demandes une dernière preuve d'amour, mais qui n'a pas aimé jusqu'au ridicule, n'a peut-être après tout jamais aimé. Si quand j'étais vivante j'avais su, à quel sombre roman tu me livrerais, je ne sais pas moi-même, n'étant plus, ce que diable j'en aurais pu penser.

Trêve de rimes. Je m'en vais, maintenant. Je m'en vais. Tu m'as fait beaucoup parler, jamais morte n'a à ce point jacassé. On cause toute la nuit, et puis vient l'aube où on se sépare parce que faute de corps on ne fera pas l'amour. On peut mentir, on peut imaginer, mais la chair ne s'invente pas. Il n'est de si bonne compagnie qui ne se quitte, et on s'est quittés depuis si longtemps. Le néant nous sépare, jusqu'au jour où tu le rejoindras.

Tu as fait de moi ce que tu as voulu. Tu as pris la littérature pour un ventre dont je serais l'enfant sauvée des eaux. Pauvre enfant, tu vois bien à présent qu'elle a mis au monde un squelette. J'en avais déjà un, tu aurais pu épargner ta peine.

Tu me diras, que les squelettes traversent intacts les millénaires. De ses os, on peut déduire l'animal, le faire apparaître, le montrer. Quand c'est un homme, on peut même voir la tête qu'il avait au temps où à l'âge de pierre il souriait. Alors, je te pardonne de m'avoir écrite. Et si par hasard en me lisant on pouvait m'apercevoir parfois en train de sourire moi aussi. Ce que je t'ai dit un jour, je te le dirai encore.

— Je suis fière de toi.

DU MÊME AUTEUR

Composition Imprimerie Floch
Impression Novoprint
à Barcelone, le 13 octobre 2010.
Dépôt légal : octobre 2010.
Numéro d'imprimeur :

ISBN 978-2-07-043797-9/Imprimé en Espagne